AF150581

Heinrich Emecke

Chrestien von Troyes als Persönlichkeit und als Dichter

Versuch einer Charakteristik

Heinrich Emecke

Chrestien von Troyes als Persönlichkeit und als Dichter
Versuch einer Charakteristik

ISBN/EAN: 9783743610750

Hergestellt in Europa, USA, Kanada, Australien, Japan

Cover: Foto ©Raphael Reischuk / pixelio.de

Manufactured and distributed by brebook publishing software
(www.brebook.com)

Heinrich Emecke

Chrestien von Troyes als Persönlichkeit und als Dichter

Chrestien von Troyes

als

Persönlichkeit und als Dichter.

Versuch einer Charakteristik.

———— ❈ ————

Inaugural-Dissertation

der

philosophischen Fakultät

der

Kaiser-Wilhelms-Universität Strassburg

zur

Erlangung der Doctorwürde

vorgelegt von

Heinrich Emecke

aus Lübbecke i/W.

– – – – – –

Würzburg.

Etlinger's Buchdruckerei (F. Fromme).

1892.

Von der Fakultät genehmigt am 21. Mai 1892.

SEINER LIEBEN GROSSMUTTER

Frau Gerichtsrat

M. Velhagen

zu ihrem

80. Geburtstage

in

Dankbarkeit und innigster Verehrung

gewidmet.

Die Anregung zu dieser Abhandlung erhielt ich von Herrn Professor Dr. G. Gröber, meinem hochverehrten Lehrer, dem ich für seine stets wohlwollende Unterstützung meinen aufrichtigsten Dank auch an dieser Stelle auszusprechen mir erlaube. Ferner fühle ich mich Herrn Professor Dr. *Martin* für einige Verbesserungsvorschläge verpflichtet.

Sehr gefördert bin ich in meiner Arbeit durch die Resultate, welche die Herren Prof. Dr. *W. Förster* in Bonn und *Gaston Paris* in Paris auf Grund langjähriger Studien über *Chrestien* gewonnen haben, auf die ich mich daher auch vielfach stützen konnte.

Der Verfasser.

E s ist schwer, ein klares Bild von einem Dichter zu gewinnen, dessen Lebensverhältnisse so unbekannt geblieben sind, wie dies bei *Chrestien von Troyes* der Fall ist. Quellen, die uns über sein äusseres Leben Aufschluss geben könnten, sind nicht vorhanden. Was wir darüber wissen, hat er in seinen Werken gelegentlich selbst angedeudet. Dies Wenige reicht aber nicht hin, Licht über sein Leben zu verbreiten.

Um so erfreulicher ist es, dass *Chrestien* zu denjenigen Dichtern gehört, die ihr innerstes Wesen in ihre Dichtungen hineintragen, die auch ihr Fühlen und Wollen in denselben zum Ausdruck bringen. Nach dieser Seite hin ergiebt sich uns also ein Feld der Beobachtung, dessen Bearbeitung mit möglichster Vollständigkeit angelegt werden soll.

Eine Hervorhebung des blos für *Chrestien* charakteristischen setzt nun aber voraus, dass eine Beschreibung des Allgemeinzustandes und Denkens seiner Zeit oder seiner Standesgenossen bereits vorliege, was nicht der Fall ist, weshalb jenes mit diesem im Zusammenhang vorgeführt werden muss.

Da es jedoch nicht immer leicht ist, im einzelnen Falle richtig zu entscheiden, wieviel des Persönlichen und Originellen für *Chrestien* nach Abzug des Allgemeinen übrig bleibt, oder ob er nur selbst der Denkart und dem Bewusstsein seines Bildungskreises Ausdruck zu geben sucht, so wird hier demnach mit grosser Vorsicht zu verfahren sein. Eine fernere Beschränkung erfährt die Behandlung der Aufgabe dadurch, dass nicht sämtliche Werke zugänglich sind:

Die O v i d i a n a (mit Ausnahme der P h i l o m e n a) und leider auch der T r i s t a n, von denen wir aus dem Eingang des Cligés-Romans Kunde haben, sind verloren gegangen. Li r o m a n s d e l c h e v a l i e r d e l a c h a r r e t e und mehr noch P e r c e v a l sind unvollendet geblieben, und bezüglich einer andern, unter dem blossen Namen *Chrestien* überlieferten Dichtung: Du r o i G u i l l a u m e d'A n g l e t e r r e steht seine Autorschaft noch gar nicht einmal fest.*) Weiterhin ist noch zu berücksichtigen, dass von *Chrestien's* Werken bis jetzt nur 3 (allerdings die bedeutendsten) in einer k r i t i s c h e n A u s g a b e v o n *Wendelin Förster* erschienen sind:

1) **Erec und Enide,** Halle 1890.
2) **Cligés,** Halle 1884.
3) **Der Löwenritter** (Yvain), Halle 1887.

Diese 3 kritischen Ausgaben sind daher nachstehender Untersuchung, die einen B e i t r a g z u r

---

*) A n m e r k u n g: Neuerdings jedoch scheint diese Frage ihrer Erledigung um ein Wesentliches näher gebracht zu sein in Rud. Müller's „Untersuchung über den Verfasser der altfranzösischen Dichtung Wilhelm v. England", Diss. Bonn 91. Aus der Betrachtung der Sprache, der Reime und des Stils hat er den Schluss gezogen, dass wir es hier mit einer durchaus *Chrestien'schen* Dichtung zu thun haben.

Charakteristik unseres Dichters liefern soll,
vorzugsweise zu Grunde gelegt worden ; doch sind natürlich hin und wieder auch die übrigen Werke herangezogen worden. Auf 2 lyrische Gedichte *Chrestiens*,
die einzigen, die ihm zugeschrieben werden dürfen
(s. *Förster*, kl. Cligés-Ausg. VIII, 1), ist ebenfalls gelegentlich bezug genommen :
    I. Amors tençon et bataille (s. Holland's littera-
turgeschichtliche Untersuchung *Chrestien von Troyes*, ✓
Tübingen 1854, p. 228—231).
    II. Joie ne guerredons d'amours (ebend. p. 233/4).

I. Teil.
Persönlichkeit Chrestiens von Troyes.
A. Seine intellectuelle Bildung.

    Hinsichtlich des äusseren Lebens unseres Dich-
ters, „des hervorragendsten, den die altfranzösische
Kunstpoesie aufweist", ist zunächst auf die bereits
genannte Untersuchung Holland's (p. 1—14) hinzu-
weisen, ferner auf *G. Paris* Romania XII 1883 (p.
459—63) und Hist. Litt. XXX (p. 22—24) derselbe,
endlich auf *W. Förster* in seiner Einleitung zur kl.
Cligés-Ausgabe V—XII.
    Wie schon hervorgehoben, konnten über des
Dichters Lebensverhältnisse im allgemeinen nur Ver-
mutungen an Stelle von Thatsachen (aus Mangel
an Quellen) ausgesprochen werden. Doch ist es
wenigstens möglich, in seinen Bildungskreis und Ent-
wicklungsgang einen gewissen Einblick zu gewinnen,
auf Grund verschiedener Belegstellen, von denen

Holland bereits eine kleine Anzahl gesammelt hat
(ebend. s. o).

Bekannt ist die Eingangsstelle aus Cligés, die
Chrestien als einen Freund und Kenner der Alten
kennzeichnet.

Cl. 27—35.

> Par les livres que nos avons
> Les fez des anciiens savons
> Et del siecle qui fu jadis —
> Ce nos ont nostre livre apris,
> Que Grece ot de chevalerie
> Le premier los et de clergie.
> Puis vint chevalerie a Rome
> Et de la clergie la some,
> Qui or est an France venue.

Für des Dichters Vertrautheit mit dem klas-
sischen Altertum sprechen seine vielfachen Anspielungen auf antike Helden und Sagen: Den Konflikt,
der zwischen Alexander und seinem Bruder Alis
(im Cligés-Roman) auszubrechen droht, vergleicht
Chrestien mit dem berühmten Bruderzwist zwischen
— Polynices und Eteocles (Cl. 2537—40). Mit diesen Helden ist er zweifelsohne aus dem Roman de Thèbes
(publié par Léopold Constans, Paris 1890) bekannt
geworden, dessen Erscheinen mit einiger Sicherheit
um 1150 anzusetzen ist, und zwar „eher vorher
als nachher" (vgl. L. Constans, tome II p. 117/8).
Die um dieselbe Zeit entstandenen Romane über
Alexander und Caesar sind ihm ebenfalls
nicht fremd geblieben. Beide sind das Jdeal mittelalterlicher Helden von grosser Freigebigkeit. In derselben Auffassung begegnet uns ihre Erwähnung in
Chrestien's Dichtungen: Er. 2269—70 und 6673—85.
Artus' Kriegsrüstungen übertreffen sogar die eines
Alexander oder Caesar (Cl. 6699—6701).

Wichtiger aber und daher von grösserem Interesse ist es, dass *Chrestien* das klassische Altertum aus
eigener Lektüre kannte. Seine besondere Vorliebe
für O v i d geht aus der im Eingange des Cligés er-
wähnten Bearbeitung der (verloren gegangenen) Ovidiana hervor. Ebendaselbst begegnen auch einige Anspielungen auf O v i d s M e t a m o r p h o s e n: Fenice in bezug auf ihre Schönheit vergleicht der Dichter mit dem sagenhaften Vogel Phönix (Cl. 2727—31
cf. Ov. met. 15, 392 sqq.), ferner Cligés mit Narcissus:

Cl. 2766—73.

> Plus estoit biaus et avenanz
> Que Narcisus qui desoz l'orme
> Vit an la fontainne sa forme,
> Si l'ama tant, quant il la vit,
> Qn'il an fu morz si com an dit,
> Por tant qu'il ne la pot avoir.
> Mont ot biauté et po savoir;
> Mes Cligés an ot plus grant masse

(Vergl. Ov. met. 3, 339, sqq).

Der Vergleich von Thessala, Fenicens Amme,
mit der Zauberin Medea (Cl. 3029—31) ist allge-
meinerer Art (cf. Ov. met. 7, 9, sqq).

Ob nun *Chrestien* neben Ovid auch V e r g i l
gelesen habe, lässt sich wohl mit einiger Wahrscheinlichkeit vermuten, aber nicht mit Sicherheit behaup-
ten. Folgende Stellen kommen in Betracht:

Die Schöne auf dem Silberbette im Zaubergar-
ten (Enidens Cousine) wird mit Lavinia verglichen
(Er. 5891—93). Von grösserer Bedeutung jedoch ist
die zweite Stelle: Auf dem Sattelbogen von Enidens
Zelter war in kunstvoller Arbeit die Geschichte des
Aeneas und seiner Liebe zu Dido dargestellt:

Er. 5337—46:

> Li arçon estoient d'ivoire,
> S'i fu antailliee l'estoire,

Comant Eneas vir:t de Troie,
Comant a Cartage a grunt joie
Dido an son lit le reçut,
Comant Eneas la deçut,
Comant ele por lui s'ociat,
Comant Eneas puis conquist
Laurente et tote Lonbardie
Don il fu rois tote sa vie.

W. Förster (in seiner Erec-Ausgabe, Einl. p. VIII) spricht von Anspielungen auf den Aeneas-Roman. So lange jedoch die Abfassungszeit desselben (*G. Paris* meint um 1155, Rom. XX, p. 152, note 2) noch nicht fest ermittelt ist, liegt doch die Annahme der Entlehnung aus Vergil's Aeneide viel näher. Weshalb sollte *Chrestien* diesen im Mittelalter so beliebten Dichter nicht gelesen haben?*)

Die allgemein gehaltenen Anspielungen auf Paris und Helena (Cl. 5299—5301 und Er. 5343—45) sind Entlehnungen entweder aus Vergil oder sogar aus Ovid (Met. 12,601 und 13,200; Ov. rem. 457,573).

Auch mit einem spätrömischen Schriftsteller (aus dem 5. Jahrh. n. Chr.) ist *Chrestien* bekannt geworden.

Bei Beschreibung des für Erec bestimmten Krönungsmantels, in den vier Feen die Attribute der 4 Wissenschaften Geometrie, Arithmetik, Musik und Astronomie in goldenen Fäden eingewirkt haben**), beruft er sich auf die Gewährschaft des **Macrobius**, bei dem er alles, was er von dem kostbaren Gewande zu sagen wisse, gefunden habe (Er. 6736—43).

Lisant trovomes an l'estoire
La description de la robe,

---

*) Schon im Ovid hörte er von Aeneas und Dido (vgl. Heroides VII, 7—27); doch deckt sich die Stelle mit der obigen nicht.

**) Vgl. die allegorische Darstellung der Stufenleiter, eingewebt in das weisse Gewand einer hohen Frau, die dem Boëtius erschien,

Si an trai a garant Macrobe
Qui an descrire mist s'antante,
6740 Que l'an ne die que je mante.
Macrobes m'ansaingne a descrivre
Si con je l'ai trové el livre
L'uevre del drap et le portret.

Wenn nun auch in den uns erhaltenen Schrif-
ten des Macrobius nirgends von einem solchen Kleide
die Rede ist, so darf man doch keineswegs schliessen:
wie so häufig im Mittelalter, habe auch *Chrestien* mit
gelehrten Quellenangaben nur geprunkt. Denn dieser
Annahme steht der Gesamteindruck entgegen, den
wir von seinem Bestreben, wahrheitsgetreu zu erzählen (vgl. p. 43—44), sowie überhaupt von seiner
ganzen Persönlichkeit empfangen. Ueberdies ist zu
berücksichtigen, dass die 7 Bücher der Saturnalien
lückenhaft sind. In den Tischgesprächen wird ein
buntes Allerlei von Gegenständen abgehandelt.
Es ist also immerhin die Möglichkeit nicht ausge-
schlossen, dass daselbst irgend eine Notiz über den
vorliegenden Gegenstand einmal vorhanden war. Was
nun die allegorisierende Darstellung des Quadriviums
anbelangt, so macht *W. Förster* darauf aufmerksam
(Erec-Ausgabe p. 333, Anm. zu v. 6735), *Chrestien*
könne vielleicht „die Elemente zu seiner Beschreibung in Makrob's Commentar zu Ciceros Somnium
Scipionis gefunden haben". Den einzigen Anhalts-
punkt geben einige Anklänge an das, was dort über
die 3 Dimensionen eines Körpers gesagt ist (Höhe,
Breite und Länge (Lib. I p. 481/2*), ferner über
die Stellung und Bewegung der Gestirne (I, 466).
Man vergleiche *Chrestien's* Angaben über die Aufgabe der Geometrie:

---

*) Franc. Eyssenhardt recognovit Lipsiae 1868.

Er. 6747—54.

> Si com ele esgarde et mesure,
> Con li ciaus et la terre dure,
> Si que de rien nule n'i faut,
> Et puis le bas et puis le haut,
> Et puis le le et puis le lonc;
> Et puis esgarde par selonc,
> Con la mers est lee et perfonde,
> Et si mesure tot le monde,

In der Behandlung der Arithmetik, Musik und
Astronomie treten die Spuren nicht hervor. Die Aufgabe der Arithmetik ist allzu naiv charakterisiert.

Er. 6761—65.

> Et l'eve de mer gote a gote (zählt sie),
> Et puis aprés l'arainne tote
> Et les estoiles tire a tire,
> — Bien an set la verité dire —
> Et quantes fuelles an boic a.

Unter Astronomie, die er als die vornehmste
aller Künste preist, versteht er die im Mittelalter
in Ehren stehende Astrologie (Er. 6777—90). „Die
ganze Vergangenheit und Zukunft geben uns Sonne,
Mond und Sterne kund".

Etwas Positives lässt sich also nicht ermitteln.
Jedenfalls sind die Entlehnungen recht unbestimmter
Art und offenbar durch eigene Zuthaten, durch poe-
tische Ausschmückung stark zersetzt.

Immerhin ist aus der ganzen Art und Weise,
wie sich *Chrestien* eingehend (Er. 6746—90) über
den Wert der Wissenschaften und ihre Eigenschaften verbreitet, sein Verständnis für dieselben und
eine gewisse gelehrte Bildung zu erkennen.

Ziehen wir nun noch in Betracht, dass Anspielungen
auf biblische Personen und Stellen nicht selten in seinen
Dichtungen wiederkehren, so gewinnt die Vermutung,
Chrestien sei vielleicht in einer Klosterschule herange-

bildet worden, gewiss einige Wahrscheinlichkeit. Im *Cligés* begegnen wir einer Reminiscenz an die bekannte Abschiedsscene im Buche *Ruth*:

CI. 5429—31.

> Car se jel vuel, il me reviaut,
> Se je me duel, il se rediaut
> De ma dolor et de m'angoisse.

Ferner aus *Erec* 2266/7:

Bezüglich der Beredtheit seiner Zunge wird Erec mit Salomon verglichen, in bezug auf sein Antlitz mit Absalon.

Es sei auch noch erwähnt, dass der Dichter an einer Stelle im Cligés auf den Apostel Paulus hinweist. Es heisst daselbst: Durch Klugheit wenigstens solle man Immoralität verbergen, damit man keinen Anstoss errege.

CI. 5324—29.

> Mes le comandemant saint Pol
> Fet b u e n *) garder et retenir.
> Qui chastes ne se viaut tenir,
> Sainz Pos a feire li ansaingne
> Si s a gemant, que il n'an praingne
> Ne cri ne blasme ne reproche.

Es ist wohl überflüssig, besonders zu betonen, dass diese sonderbare Moral sich in dieser Fassung wenigstens bei Paulus nicht findet. In *Förster's* Cligés-Ausgabe (p. 349, Anm. 5324) ist auf 1 Cor 7, 9 und 10, 32 hingewiesen worden. Die zweite Stelle scheint jedoch nicht so recht in den Zusammenhang zu passen, da 1 Cor. 10 (am Schluss des Capitels) vom Verhältnis der Gläubigen zu den Ungläubigen die Rede ist. Vielleicht liegt eine sich im Gedächtnis *Chrestien's* unbewusst vollziehende (aber keineswegs dolose, wie *Mangold* meint)

---

*) Vgl. Röm, 12, 9 und vielleicht auch Gal. 5, 9.

Combination der oben angeführten Stelle 1 C o r. 7, 9
und E p h e s e r 5, 15 zu Grunde.

1 C o r. 7, 9: „So sie aber sich nicht enthalten,
so lass sie freien; es ist besser freien, denn Brunst
leiden". Vgl. qui chastes ne se viaut tenir (Cl. 5326).

Im 5. Epheser-Capitel warnt Paulus vor un-
züchtigem Lebenswandel und ermahnt in V. 15: „So
sehet nun zu, wie ihr vorsichtig wandelt, nicht als
die Unweisen, sondern als die Weisen". Vgl. Cl.
5327/9: Der heil. Paulus lehrt si sagemant zu
handeln, dass man keinen Anstoss errege.*)

Im Eingange des Perceval endlich rühmt *Chrestien* die Freigebigkeit seines Gönners Phil. v. Flandern
mit Verweisung auf Ev. Matth. 6, 3.

> . . . . . ne saiche ta senestre
> Le bien, quant le fera ta destre.

Die Beispiele liessen sich vermehren.

Neben der gelehrten Bildung ist bei unserm
Dichter das einheimische, das nationale Bildungs-
Element keineswegs vernachlässigt. Die vielfachen
Reminiscenzen, die hier in Betracht kommen, legen
Zeugnis ab von seiner Vertrautheit mit den Helden-
gestalten, wie sie uns in den Karlsepen und den
sonstigen Chansons de geste entgegentreten.

Ein lebendiges Bild hat *Chrestien* von der Rolands-
sage, sei es, dass er direkt auf dieselbe verweist,
oder dass sich sonst Anklänge daran finden. Yvain
verrichtet mit seinem Schwerte grössere Thaten als
Roland mit Durandart:

---

*) Vgl. Si non caste, tamen caute, s. *Schamelius*, Lat
Sprichwörter und Maximen, welche zum Ekel der Sünde oder ge-
meiner Irrtümer vorgeschützet werden. II. Band, p. 69,

Yv. 3235—37.

> Onques ne fist de Durandart
> Rolanz de Turs si grant essart
> An Roncesvaus ne an Espaingne!

Angrés de Guinesores, der Statthalter von England, ist treuloser als Guenelon (Cl. 1075—76).

Die einzelnen Beschreibungen der lehenspflichtigen Könige, die zur Feier der Hochzeit Erecs und Enidens an den Hof Artus' kommen, erinnern sehr an ähnliche im Rolandslied und iu andern Heldengedichten *):

Er. 1947 fg.

> Li sire de l'Isle de Vuirre;
> An cele isle n'ot l'an tonoirre
> Ne n'i chiet foudre ne tanpeste,
> Ne boz ne serpanz n'i areste
> N'il n'i fet trop chaut ne n'iverne.

Er. 1975 fg.

> Vint li rois Bans de Gomeret,
> Et tuit furent juene vaslet
> Cil qui ansanble o lui estoient,
> Ne barbe ne grenon n'avoient.

Er. 1985 fg.

> Kerrins li viauz rois de Riël
> N'i amena nul jovancel,
> Einz ot teus conpaignons troiz çanz,
> Don li mains nez ot set vinz anz.

Er. 1993 fg.

> Li sire des nains vint aprés,
> Bilis, li rois d'Antipodés.
> Cil rois don je vos di fu nains
> Et fu Briën frere germains.
> De toz nains fu Bilis li maindre,
> Et Briëns, ses frere, fu graindre
> Ou demi pié ou plainne paume
> Que nus chevaliers del reaume.

Cf. noch Cl. 6704: Et toz çans jusqu'as poiz d'Espaingne. Die Namenliste der Helden der Tafel-

---

*) Vgl. *Förster's* Erec-Ausgabe p. 312, Anm. zu v. 1947.

runde im Er. v. 1691—1750 ist gleichfalls eine direkte
Nachahmung der chansons de geste, vgl. *Erec*, ed.
Förster p. 310 Anm.

Er. 5774—79: Hinweis auf berühmte Kämpfer
bei einer besonders Grausen erregenden Erscheinung,
die selbst jenen Furcht einflössen müsste.

Als *Chrestien* seine Laufbahn begann, hatte man
sich bereits den antiken Helden zugewendet, in denen
jedoch die damalige Welt nur ihr eigenes Spiegelbild
sah (cf. p. 8). Unser Dichter trat mitten in diese
neue Bewegung ein und „wagte seinen ersten Flug"
mit der Bearbeitung der Ovidiana*), wie man allerdings nur vermuten darf. Es ist dies aber eine Annahme, die grosse Wahrscheinlichkeit für sich hat.
Denn mit diesem Werke blieb er in der Zeitström-
ung**), was bei einem Anfänger eigentlich sich von
selbst versteht. Diese schon von *W. Förster* geltend
gemachten inneren Gründe sind, wie ich glaube,
stichhaltig genug, um die Vermutung von *G. Paris*
zurückzuweisen, der geneigt ist, den Tristan-
Roman für das Erstlingswerk *Chrestien*'s zu
halten (auf Grund einer kurzen Anspielung in Phi-
lomena: Plus sot de joie et de déport/Que Apoloines
ne Tristans***). Vgl. Hist. litt. XXIX. p. 483 und
Rom. XX. p. 151). Hätte überdies *Chrestien* der
freien Bearbeitung eines so populären Stoffes, wie
der Tristan war (mit dem er auch einen grossen
Erfolg erzielt haben muss [vgl. p. 19]), eine blosse

---

*) Vgl. *Förster*, kl. Cligés-Ausgabe, Einl. p. IX.

**) Ebend. XI.

***) Dieser Hinweis kann sich nur auf die Tristan Bearbeit-
ung des Bérol beziehen.

Nachahmung Ovids folgen lassen, so wäre dies einerseits ein offenbarer Rückgang gewesen, anstatt einer
Fortentwicklung; andererseits hätte er in dieser Reihenfolge wohl kaum seinen Ruhm gesteigert (cf. den
Ausdruck des Selbstgefühls im Erec p. 19), da
für *Chrestien's* Zeit vielleicht dasselbe gilt, was J.
Grimm für die etwas spätere Zeit (1210) Albrechts
von Halberstadt sagt: dass nämlich dessen „Zeitalter
den Ovid wahrscheinlich nicht rittermässig und höf-
isch genug fand, um ihm Beifall zu schenken" (s.
Holland's *Chrestien* p. 35). Wie sehr nun gerade
Chrestien den Geschmack seines Hörerkreises zu treffen
suchte, werden wir später noch Gelegenheit nehmen
besonders zu besprechen (p. 41 ff.)

Hatte *Chrestien* die Aufmerksamkeit auf sich
gelenkt, so durfte er es wagen, sich neuem Stoffe zu-
zuwenden. Derselbe begegnete ihm in den durch
fahrende Sänger gepriesenen Thaten britischer Helden.
Hier fand er zunächst den Stoff zu seinem Tristan,
dessen chronologische Bestimmung gegenüber dem
Erec wir *G. Paris* verdanken (Rom. XII, p. 462).

Aus der oft citierten Eingangsstelle des Cligés
wissen wir, welche Werke diesem Roman vorangegangen sind: ausser der Ovidiana noch Tristan
und Erec.

Cl. 1—8:

> Cil qui fist d'Erec et d'Enide,
> Et les comandemanz Ovide
> Et l'art d'amors an romanz mist
> Et le mors de l'espaule fist,
> Del roi Marc et d'Iseut la blonde,
> Et de la hupe et de l'aronde
> Et del rossignol la muance,
> Un novel conte recomance

Die Anordnung der Werke ist hier natürlich keine chronologische, sondern lediglich vom Reime diktirt. *G. Paris* führt aus, dass der Zeit nach Erec dem Tristan folgen muss, was aus einigen im Erec enthaltenen, auf den Tristan-Roman hinweisenden Stellen wohl geschlossen werden könne:

Erec's Freude über die Besiegung seines gefährlichen Gegners Yder, Nuts Sohn, vergleicht der Dichter mit derjenigen Tristans, als dieser auf der Insel St. Sanson den stolzen Morhot niederwarf.

Er. 1247—50.

> Onques ce cuit, tel joie n'ot
> La ou Tristanz le fier Morhot
> An l'isle saint Sanson vainqui,
> Con l'an feisoit d'Erec iqui.

Ein solcher Vergleich hätte **keinen Sinn**, wenn nicht der Tristan ein *Chrestien*'s Hörern bekannter Stoff wäre. Damit wird auch wohl der leise Einwand *Förster's*, *Chrestien* könne ebensogut „sein Tristanmaterial für den nächsten in Vorbereitung befindlichen Roman sich zurecht gemacht haben" (s. Erec.-Ausg. Einl. VIII), beseitigt sein. Aber ein anderer Einwand wäre möglich: die Anspielungen auf Tristan könnten sich auf die Bérol-Dichtung beziehen. Dem gegenüber halten allerdings die beiden Anspielungen auf Isolde (Er. 424/5 und 4944) nicht Stand, weil viel zu allgemein gehalten. Auch der Hinweis auf den Betrug Isoldens, deren Platz in der Brautnacht Brangien dem Könige Marc gegenüber einnimmt (Er. 2075—77), könnte auf jene ältere Bearbeitung des Tristan Bezug nehmen, kommt deswegen als beweisendes Moment ebensowenig in betracht.

Ganz anders aber ist es mit jenem Vergleich, wonach der Hörer sich ein Bild von Erecs gewaltiger Freude machen soll. Jene Begebenheit der Besiegung des stolzen Morhot auf der Insel Sanson ist kein Hauptmoment der Tristan-Sage; also wäre die kurze Anspielung auf die in einer fremden Dichtung ausgeführte Einzelheit kaum wirksam genug, den an dieser Stelle besonders gewünschten Eindruck hervorzurufen. Somit konnte *Chrestien* nur auf seine eigene Tristan-Dichtung Bezug nehmen, von der er wohl eher voraussetzen durfte, dass der blosse Hinweis genügte, um auch die näheren Umstände dem Hörer wieder in lebendige Erinnerung zu bringen. Desshalb halte ich die von *G. Paris* vertretene Ansicht für mehr als wahrscheinlich, dass unser Dichter bei der Abfassung des Erec „den Kopf noch voll hatte" von dem eben abgeschlossenen Tristan. So auch nur können wir erst das an Prahlerei grenzende Selbstgefühl *Chrestien's* im Eingange zu seinem Erec wenigstens begreifen.

Er. 23—26:

Des or comancerai l'estoire
Qui toz jors mes iert an memoire
Tant con durra crestiantez.
De ce s'est *Crestiiens* vantez.

Offenbar können diese Worte nur Sinn haben für eine Zeit, wo *Chrestien's* Ansehen und Ruhm bereits begründet waren. Dazu hätten die Ars amandi und die Metamorphosen-Episoden schwerlich ausgereicht, die alsdann dem Erec allein vorangegangen wären; dazu gehörte auch ganz besonders der Tristan, der den Dichter erst recht bekannt und beliebt gemacht haben muss und ihm zu jenem Ausdrucke seines übertriebenen Selbstbewusstseins Veranlassung gab. (s. *Förster's* Erec Anm. p. 298, v. 24).

Durchschlagenden Erfolg und wirklichen Ruhm erntete aber *Chrestien* wohl erst, als er mit dem sagenhaften und geheimnisvollen Wesen des K ö n i g s A r t u s u n d s e i n e r T a f e l r u n d e bekannt wurde,*) den er fortan zum Mittelpunkte seines Schaffens machte und in dessen Kreis er sogar byzantinische Helden zog. So entstand E r e c und E n i d e, später Cl i g é s. Die chronologische Reihenfolge der übrigen Artus-Romane L a n c e l o t, Y v a i n, P e r c e v a l ist leichter zu bestimmen : Im Yvain wird an 3 Stellen**) auf den Karrenritter Bezug genommen, von denen 2 im wesentlichen dasselbe enthalten (Raub der Genievre):

Yv. 3706—15:

Mes la reïne an a menee
Uns chevaliers, ce me dist l'an,
Don li rois fist que fors del san
Quant aprés lui l'an anvoia.
Je cuit que Keus la convoia
Jusqu'au chevalier qui l'an mainne,
S'an est antrez an mout grant painne
Mes sire Gauvains qui la quiert.
Ja mes nul jor a sejor n'iert
Jusqu'a tant qu'il l'avra trovee.

Ferner Yv. 3918—27:

Mes la fame le roi an mainne
Uns chevaliers d'estrange terre,
Qui a la cort l'ala requerre.
Neporquant ja ne l'an eüst
Menee por rien qu'il seüst,
Ne fust Keus qui anbricona
Le roi tant que il li bailla
La reïne et mist an sa garde.
Cil fu fos et cele musarde
Qui an son conduit se fia

---

*) Ob ihm das Verdienst zuzuschreiben ist, den Artus-Roman als der erste in die franz. Litteratur eingeführt zu haben, lassen wir dahingestellt.

**) s. Förster, Yvain p. 312 und 318.

Die 3. Stelle spielt auf die Befreiung der
Königin und Lancelots Gefangenschaft an: in
der Weise, dass die Handlung des Lancelot in die
des Yvain eingreift. Da nämlich ausser Lancelot
sich auch Gauvain auf die Suche nach dem Räuber
seiner Königin begeben hat, suchen die Bedrängten
im Löwenritter natürlich Gauvain vergebens am Hofe
des Königs Artus. Daraus ist die äusserliche Zu-
sammengehörigkeit beider Romane zu folgern, und
zwar muss der Karrenritter vorangegangen sein.
(Vgl. *Förster*, kl. Yvain-Ausgabe, Halle 1891, Einl. p. 1.
Jene Stelle lautet Yv. **4740—45**:

> S'avoit tierz jor que la reïne
> Estoit de la prison venue
> Ou Maleaganz l'ot tenue
> Et trestuit li autre prison,
> Et Lanceloz par traïson
> Estoit remés dedanz la tor.

Was schliesslich den Perceval anbelangt, so ist
es der Tod gewesen, der die Vollendung desselben
verhindert hat. Vergleiche die diesbezügliche Stelle
bei Gerbert, einem Fortsetzer *Chrestien's* (Perceval
le Gallois ou le Conte du Graal publié par Ch.
Potvin. Mons 1866—71. Tome VI. p. 212):

> Ce nous dist *Crestiens de Troie*,
> Qui de Percheval comaucha,
> Mais la mors, qui l'adevancha,
> Ne li laissa pas traire affin,

Wo die Legende: Wilhelm v. England einzu-
reihen wäre (am wahrscheinlichsten zwischen Yvain
und Perceval), kann nicht entschieden werden.

Hatte *Chrestien*, als Schöpfer des höfischen Kunst-
romans, durch seine Dichtungen im Sagenkreise des
Königs Artus den Anstoss zu einer litterarischen Bewegung gegeben, so war er nicht minder epoche-
machend für Nord-Frankreich durch die Einführung

der lyrischen Kunst daselbst. *G. Paris* (Rom. XII,
522) erklärt ihn für „einen der ersten — vielleicht
den ersten qui ait imité en langue d'oïl la poésie
lyrique de la langue d'oc.“ Es sind uns allerdings
nur 2 Lieder erhalten geblieben; man darf aber wohl
vermuten, dass dieselben in Anbetracht der sonstigen
Productivität unseres Dichters nur einen [kleinen
Teil in einem reichen Schatze bilden.

B. Seine Moral, Lebens- und Weltanschauung.

Chrestien tritt uns in seinen Werken als ein für
das Ideale begeisterter Dichter entgegen, dessen edle
Gesinnung sich nirgends verleugnet, von einigen
Schwächen abgesehen, welche die Gesamtbeurteilung
Chrestien's im wesentlichen nicht weiter beeinträch-
tigen können.

In einer Fülle von Sentenzen, sprüchwörtlichen
Redensarten und sonstigen Betrachtungen *) gewährt
er uns oft einen Einblick in sein Wesen. Doch

---

*) Es ist auffallend, dass Settegast (Hartmanns Yvain, ver-
glichen mit seiner altfrz. Quelle) pag. 26 alles dieses *Chrestien* ab-
spricht. „Es trete zwar Neigung zur Reflexion auch in *Chrestien's*
Chevalier au Lyon hervor (von den übrigen Werken spricht er
nicht), wie sie ja der ganzen mittelalterlichen Kunstepik, im Gegensatz zu der Objektivität und Einfachheit des Volksepos, eignet:
man vergleiche jedoch *Chrestien's* Betrachtungen mit denen Hartmann's und man wird erkennen, dass in Reichtum und Tiefe der
Betrachtungen sich *Chrestien* mit Hartmann auch nicht ent-
fernt messen kann.“ Einen gewissen Unterschied zu Gunsten
Hartmann's wird man wohl gern zugeben, aber nicht eine solche
Kluft. Kurz vorher (pag. 25) sagt Settegast: „*Chrestien's* Poesie will
lediglich unterhalten, die Hartmann'sche zugleich auch lehren
und bessern“.

Die in diesem und dem folgenden Abschnitte gebrachten
Citate mögen darthun, welches Unrecht mit einer solchen Ansicht
unserm Dichter *Chrestien* geschieht.

kommt es in der Beurteilung derselben sehr darauf
an, zu unterscheiden zwischen dem, was lediglich
die Zeit *Chrestien's* (oder auch nur seine Helden)
charakterisiert und charakterisieren soll, und dem,
was ihn selbst kennzeichnet, also: das Allgemeine
von dem Persönlichen zu trennen.

1) Zu einer Zeit, da das Rittertum in höchster
Blüte stand, wird sich in *Chrestien's* Aussprüchen
über ritterliches Leben und höfisches Wesen
ganz besonders sein Charakter widerspiegeln: Einen
tapferen Ritter muss man lieben:

Yv. 3210/11:

> Mout doit an amer et cherir
> Un prodome, quant an le trueve.

Von allen ritterlichen Tugenden preist er die
Freigebigkeit als die edelste; er nennt sie „la dame
et reïne qui totes vertuz anlumine". Beim Abschiede
Alexanders von seinem Vater ermahnt ihn letzterer:

Cl. 184: „Mes gardez que mout soiiez larges"
und verherrlicht die largesce in einer langen Tirade.
Sie macht aus dem Menschen etwas so Hohes, wie
es keine der übrigen Tugenden, noch sonst ein Vorzug vermag, selbst nicht die hautesce oder
corteisie. „Wer Freigebigkeit besitzt, für den
sind andere Tugenden kaum noch ein Lob"
(Cl. 193—217). Jene Ermahnungen sind auf
keinen unfruchtbaren Boden gefallen. Als der Jüng-
ling an den Hof des Königs Artus kommt, erregt er
durch seine largesce die Bewunderung des ganzen
Hofes und erwirbt sich vor allem durch diese Tugend
die Liebe des Königs, der Königin und der Barone
(Cl. 411—21).

Man hat *Chrestien* vorgeworfen, dass ihm ein
tieferes Freundschaftsgefühl abgehe, und dass

er in folge dessen die Freundschaft nur „als lustige Waffenbrüderschaft" darstelle *). Dagegen scheint doch die Uneigennützigkeit und Selbstverleugnung Alexanders zu sprechen, mit welcher er den ihm für seine Heldenthaten gewordenen Ehrenpreis seinem Freunde Gauvain abtreten will.

Cl. 2234—36:

La cope prant et par franchise
Prie mon seignor Gauvain tant
Que de lui cele cope prant.

Dagegen spricht ferner der edle Wettstreit zwischen Yvain und Gauvain, die sich beide für besiegt erklären, und von denen der eine dem andern die grössten Opfer bringen will: Yv. 6289—6364. Ist dies nicht echte Freundschaft?

War die Freigebigkeit die schönste Tugend, so Verrat das schändlichste Verbrechen:

Cl. 1709—10:

Car traitor et traison
Het Deus plus qu'autre mesprison.

„Deshalb", meint der Dichter, „sei der Mond eher in jener Nacht aufgegangen, weil Gott die Verräter vernichten wolle": Cl. 1700—12.

In scharfen Worten geht der Dichter gegen die Auswüchse der proesce vor: die Prahlerei, deren Inneres meistens sehr hohl sei im Vergleich zur vielverheissenden Aussenseite.

Prahlerei macht sich am häufigsten breit beim vollen Becher Weines:

Yv. 592/3:

Plus a paroles an plain pot
De vin qu'an un mui de cervoise;

---

*) s. W. Scherer, Gesch. der deutschen Litt. (4 Aufl.) p. 162; dsgl. Settegast in obiger Schrift. pag. 29.

oder nach genossener Mahlzeit:

Yv. 595/6:

> Aprés mangier sanz remuĕr
> Va chascuns Noradin tuĕr.

Eine gesättigte Katze wird üppig:

Yv. 594:

> L'an dit que chaz saous s'anvoise.

Auf prahlerisches Drohen erwidert Erec:

Er. 4434—36:

> Se li ciaus chiet et terre font,
> Donc sera prise mainte aloe.
> Teus vaut petit, qui mout se loe.

Dsgl. bei einer anderen Gelegenheit:

Er. 5923—28:

> Qu'an menacier n'a nul savoir.
> Savez por quoi? Teus cuide avoir
> Le jeu joé, qui puis le pert,
> Et por c'est fos tot an apert
> Qui trop cuide et qui trop menace.
> S'est qui fuie, assez est qui chace.

Mit grosser Vorliebe behandelt *Chrestien* das
Thema des Verliegens, des thatenlosen Lebens in den
Fesseln der Liebe. Gauvain predigt in seinen Er-
mahnungen an Yvain:

Yv. 2487—88:

> Honiz soit de sainte Marie,
> Qui por anpirier se marie.

Yv. 2507:

> Assez songe qui ne se muet.

Aehnlich Yv. 5095/6:

> . . . . de reposer
> Ne se puet nus hom aloser.

Dem nach Thaten und Ruhm dürstenden Alexander legt der Dichter folgende Worte in den Mund:

Cl. 154—160:

> Maint haut home par lor peresce
> Perdent grant los, que il porroient
> Avoir, se par le monde erroient.
> Ne s'acordent pas bien ansanble

Repos et los si con moi sanble;
Car de rien nule ne s'alose
Riches hon qui toz jorz repose.

Wie es thöricht ist, Unmögliches erzwingen zu
wollen (Er. 231 Folie n'est pas Vasselages), ebenso
feige wäre es umgekehrt, Furcht zu zeigen.

Yv. 998:

N'est mie prodon qui trop dote.

Cl. 161/2:

Proesce est fes a mauvés home
Et a preuz est mauvestiez some.

Mit Bezugnahme auf die Untergebenen der
Laudine sagt die Zofe:

Yv. 1865—68:

Car qui peor a de son onbre,
S'il puet, volantiers sc desconbre
D'ancontre de lance et de dart;
Car c'est mauvés jeus a coart.

2) Auch der praktischen Seite des
Lebens ist *Chrestien* nicht fremd geblieben. Er ver-
fügt über einen Schatz von Erfahrungen,
die ein beredtes Zeugnis von seiner Lebensklugheit
und zugleich von seiner optimistischen Weltanschauung ablegen.

Goldene Worte spricht er im Prolog zu
Perceval: Bibliographie de *Chrestien de Troyes* par
Ch. Potvin (Manuscrit de *Paris* No. 12577 p. 21):

v. 1—6:

Qui petit seime petit queult,
Et qui auques recueillir veult
En tel liu sa semence espande
Que faire à cent dubles *) li rande;
Car en terre qui riens ne vaut,
Bonne semence et sèche et faut.

---

*) Variante: Que fruit à cent doble li rande ... ms.
No. 794.

Die Thorheiten der Menschen geisselt *Chrestien* mit besonderer Vorliebe. Einem Thoren schlägt manches Vorhaben fehl:

Er. 2942:

> Mout remaint de ce que fos panse

Er. 2943:

> Et teus cuide prandre qui faut.

Dagegen Yv. 1325/6:

> Li sages son fol pansé cuevre
> Et met s'il puet le bien a oevre.

Thörichte Reden sind bald gesprochen:

Er. 5919/20:

> . . . . dire puet l'an
> Folie aussi tost come san.

Daher ist Schweigen oft besser als Reden:

Er. 4628/9:

> Einz taisirs a home ne nut,
> Mes parlers nuist mainte foiiee

Sein Glück soll man schnell ergreifen, ohne langes Zögern.

Cl. 637—39:

> Fos est qui sant anfermeté,
> S'il ne quiert, par quoi et santé,
> Se il la puet trover nul leu.

Yv. 2135/6:

> Car mout est fos qui se demore
> De son preu feire une sole ore.

Ist man im Besitze des Lebensglücks, so soll man aber dasselbe nicht auskosten, sondern es sich durch mässigen Genuss versüssen.

Yv. 2515—18:

> Biens adoucist par delaiier,
> Et plus est buens a essaiier
> Uns petiz biens que l'an delaie
> Qu' uns granz que l'an adés essaie.

Das Glück weiss jedoch erst derjenige recht zu schätzen, der Uebles erfahren hat:

Er. 2610:

> Ne set qu'est biens qui mal n'essaie.

Mancher, der das Glück sucht, wirft sich dem Unglück in die Arme (mit Hinweis auf das Schicksal, das die Absichten der Menschen leicht durchkreuzt).

Yo. 2587/8:

> Mes teus cuide mout tost venir.
> Qui ne set qu'est a avenir.

Yv. 3120/1:

> Tele hore cuide an desirrer
> Son bien, qu'an desirre son mal.

Es tritt also oft das Gegenteil ein von dem, was man erwartet.

Cl. 640—42:

> Mes teus cuide feire son preu
> Et porquerre ce que il viaut,
> Qui porchace don il se diaut.

Cl. 2931/2:

> Mes teus cuide, se il li loist,
> Vangier sa honte, qui l'acroist.

Zu einem Unglück soll man nicht ein zweites hinzufügen.

Yv. 3129—30:

> Car ce seroit trop vilains jeus
> Qui feroit d'un domage deus.

Ferner von 2 Uebeln soll man dass kleinere wählen.

Cl. 4142/3:

> De deus maus, quant feire l'estuet,
> Doit an le mains mauvés eslire.

In bezug auf selbstverschuldetes Unglück legt *Chrestien* das bekannte Sprichwort:

Er. 2588: „Tant grate chievre que mal gist" der Enide in den Mund, die durch ihr verhängnisvolles Wort ihr eignes Unglück herbeigeführt hat.

Yv. 3542—45:

> Quit pert la joie et le solaz
> Par son mesfet et par son tort,

Mout se doit bien haïr de mort.
Haïr et ocirre se doit.

Yv. 3561/2:

Et qui ce pert par son mesfet,
N'est droiz que buene avanture et.

Umgekehrt büsst mancher oft die Fehler anderer und muss unschuldig leiden.

Cl. 558/9 :

Sovant conpere autrui pechié
Teus qui n'i a coupe ne tort.

Ueber S c h m e r z, D a u e r u n d B e r e c h t i g u n g desselben verbreitet sich *Chrestien* sehr eingehend. Hier besonders bekundet er sich als feinen Beobachter der Kreise, in denen er lebte. Zwischen wahrem Schmerz und bloss äusserer Kundgebung von Trauer zieht er eine scharfe Grenze.

Er. 5831/2:

Car diaus que l'an face de boche,
Ne grieve rien, s'au cuer n'atoche.

Einem dauernden Schmerze sich hinzugeben erklärt *Chrestien* mit Recht für zwecklos :

Er. 4795:

Morz bon por duel ne revit.

Dies kann sogar als Feigheit ausgelegt werden:

Cl. 2627—30:

Car toz diaus covient trespasser,
Totes choses covient lasser.
Mauvés est diaus a maintenir,
Que nus biens n'an puet avenir.

Keineswegs aber geziemt sich längere Trauer für eine höher stehende Persönlichkeit, da dieselbe sonst ihren Pflichten sich entzieht:

Yv. 1670/1:

A si haute dame ne monte
Que duel si longuemant maintaingne.

Er. 6526/7 :

Mes diaus de roi n'est mie janz,
N'a roi n'avient qu'il face duel.

Dieser Ausspruch kann sich natürlich nur auf die äussere Kundgebung des Schmerzes beziehen, die sich für einen König nicht gezieme, nicht etwa auf den Schmerz selbst, noch dazu in diesem Zusammenhang, wo es sich um den Tod von Erec's Vater handelt. Dies bestätigen auch die Verse kurz zuvor:

Er. 6524—25:

> Erec an pesa plus assez
> Qu'il ne mostra sanblant as janz.

Im Ertragen des Schmerzes zeigt sich der Schwache oft widerstandsfähiger als der Starke. Die Macht der Gewohnheit giebt hier den Ausschlag.

Yv. 3578—85:

> Tant con li hon a plus apris
> A delit et a joie vivre,
> Plus le desvoie et plus l'enivre
> Diaus, quant il l'a, que un autre home;
> Uns foibles hon porte la some
> Par us et par acostumance,
> Qu'uns autre de greignor puissance
> Ne porteroit por nule rien.

Schliesslich ist die Freude doch immer das stärkere Element und gewinnt stets wieder die Oberhand über den Schmerz.

Yv. 457/8:

> Car joie, s'onques la conui,
> Fet tost obliër grant enui.

Er. 4184:

> Mes la joie le duel estaint.

Umgekehrt Cl. 3984:

> Qu'aprés joie duel an atant.

Ein sehr wahres Wort ist gegen die Oberflächlichkeit der Menschen in ihren Urteilen gerichtet, ein Ausspruch, der zugleich für die Gründlichkeit und Gewissenhaftigkeit seines eigenen Urteils spricht:

Manches wird verachtet, das viel besser ist, als man
glaubt:

Er. 1—3 :

> Li vilnins dit an son respit
> Que tel chose a l'an an despit,
> Qui mout vaut mianz que l'an ne cuide.

Er empfiehlt daher gewissenhafteres Studium
des Guten und Wahren, damit man nichts Wichtiges
übergehe :

Er. 4—8:

> Por ce fet bien qui son estuide
> Atorne a bien, quel que il l'et;
> Car qui son estuide antrelet,
> Tost i puet tel chose teisir,
> Qui mout vandroit puis a pleisir.

Yv. 2163 :

> Miauz me vient teire que po dire.

Bloss oberflächliche Aufmerksamkeit, die sich
die Dinge nicht zu Herzen nimmt, verurteilt *Chrestien*
mit gleicher Entschiedenheit :

Yv. 151/2:

> Car parole oïe est perdue,
> S'ele n'est de cuer antandue.

Die Lebensklugheit des Dichters verrät sich
ganz besonders in folgendem Ausspruch:

Er. 1225 :

> Qui croit consoil, n'est mie fos.

Schlechte Ratgeber dagegen richten grosses
Unheil an:

Cl. 2635—39:

> Meis il n'a cort an tot le monde,
> Qui de mauvés consoil soit monde.
> Par les mauvés consauz qu'il croient
> Li baron sovant se desvoient
> Si que leauté ne maintienent.

Wer Ratschläge giebt, muss sie in erster Linie
selbst befolgen;

Yv. 2533—34:

>Mes teus consoille bien autrui,
>Qui ne savroit conseillier lui.

Eifriges Zureden hat stets den gewünschten Erfolg:

Yv. 2146/7:

>Li chevaus qui ne va pas lent
>S'efforce, quant an l'esperone.

Der gerade Weg führt am schnellsten zum Ziele:

Er. 5577/8:

>Car qui tost va la droite voie,
>Passe celui qui se desvoie,

Er. 5582/3:

>Por ce ne vuel feire demore,
>Se trover puis voie plus droite.

Wer über seine Kräfte hinausstrebt, erreicht das Gegenteil von dem, was er will.

Er. 5011/12:

>Qui plus viaut corre qu'il ne puet,
>Recroire ou reposer l'estuet.

Schmähungen gegenüber handelt derjenige am klügsten, der sich mit den Schmähern nicht weiter einlässt.

„Ich will nicht als der Hund erscheinen, der sich sträubt und üble Laune bekommt, wenn ein anderer Hund ihn angrinst." (Yv. 641—48). Von einem schmähsüchtigen Menschen kann man nichts Gutes erwarten: „Er schmäht ebenso, wie der Mist stinkt, die Viehbremse sticht und die Hummel summt.

Yv. 116—118:

>Toz jorz doit puïr li fumiers
>Et taons poindre et maloz bruire,
>Enuieus enuiier et nuire.

Scharf geisselt *Chrestien* das Geckentum, das bestrebt ist, Harmlosigkeiten zu verzerren und das freundliche Wesen einer Dame übel zu deuten.

Yv. 2456—63:

> Que tes fos i a, cui il sanble,
> Que d'amor vaingnent li atret
> Et li sanblant qu'ele lor fet.
> Et cez puet l'an nices clamer,
> Qui cuident qu'an les vuelle amer,
> Quant une dame est si cortoise,
> Qu 'a un maleüreus adoise,
> Si li fet joie et si l'acole.

3. Ein begeisterter Anhänger des Minnedienstes, verbreitet sich *Chrestien* nun aber auch gern über Liebe und Liebesvorschriften:

Treuer Liebesdienst wird nicht immer belohnt:

Lyr. III. 1—4 (Holland p. 233):

> Joie ne guerredons d'amours
> Ne vienent pas par bel servir ;
> Car on voit chaus souvent faillir,
> Ki servent sans changier aillours . . .

Liebes Leid und Lust, ebend. 8—11:

> Voirs est, c'amours est grans douçours,
> Quant doi cuer sont un sans partir ;
> Mais amours fait l'un seul languir
> Et les anuis sentir tous jours.

Cl. 3101—3105:

> Car tuit autre mal sont amer
> Fors seul celui qui vient d'amer;
> Mes cil retorne s'amartume
> An douçor et an soatume
> Et sovant retorne a contreire.

In gewissem Sinne warnt *Chrestien* vor Amor. Mit Amor ist ein gefährliches Spiel ; man muss deswegen auf seiner Hut sein.

Cl. 2280/1 :

> Amors est pire que haïne,
> Qui son ami grieve et confont.

Cl. 674/5 :

> Fos est qui devers lui se met,
> Qu'il viaut toz jorz grever les suens.

Cl. 2284 :

> An Amor a mout greveuse oevre

Cl. 2302/3:

> Or vos lo que ja ne queroiz
> Force ne volanté d'amor.

Man soll also die Liebe nicht mit Willen hervorrufen, aber ehenso wenig gewaltsam niederkämpfen.
Dass letzteres geschieht, bedauert *Chrestien* sehr. Einen
solchen Arzt, der die Liebeswunde zu heilen versteht,
nennt er treulos:

Yv. 5385/6:

> N'est droiz que nus garir an puisse
> Tant que desleauté i truisse.

Der Entschluss, sich in die Gewalt Amors zu
begeben, fällt besonders schwer.

Cl. 2268/9:

> L'an dit que il n'i a si grief
> Au trespasser come le suel.

Allein Cl. 3893/1:

> Amors sanz crieme et sanz peor
> Est feus sanz flame et sanz chalor,

Cl. 685:

> Fos est qui son mestre desdaingne.

Yv. 1444—46:

> Qui Amor an gre ne requiaut
> Des que ele antor lui se tret,
> Felenie et traïson fet.

Wer seinen Herrn nicht fürchtet, achtet ihn
auch nicht.

Cl. 3879—83:

> Serjanz qui son seignor ne dote
> Ne doit remenoir an sa rote
> Ne ne doit feire son servise.
> Seignor ne crient, qui ne le prise,
> Et qui nel prise, ne l'a chier.

Cl 3888—92:

> Et qui a Amor se comande,
> Son mestre et son seignor an fet,
> S'est droiz qu'an reverance l'et
> Et mout le crieme et mout l'enort,
> S'il viaut bien estre de sa cort.

Wer also sich in den Dienst Amors stellt, wer
lieben will, muss ihn fürchten;

Cl. 3901 :

> Qui amer viaut, doter l'estuet.

**4. Chrestien's Vorstellung von Gott
ist die alttestamentlich naive:**

Für ihn ist Gott ein in seinem Wirkungskreise
an die menschliche Sphäre gebundenes, persönliches
Wesen, ohne jede Verflüchtigung ins Metaphysische.
Chrestien macht ihn zum Urheber der Wettererschein-
ungen, sowie überhaupt aller Vorgänge in der Natur.
Ein bezeichnendes. Beispiel :

Cl. 1701--5 :

> Comança la lune a lever,
> Et je cuit que por aus grever
> Leva einz qu'ele ne soloit,
> Et Deus qui nuire lor voloit
> Anlumina la nuit oscure.

Chrestien sagt von Gott, er sei so geduldig, dass
er sich sogar Uebergriffe von seiten des Todes gefallen lasse.

Cl. 5803—5 :

> Trop est Deus de grant paciance,
> Quant il te suefre avoir poissance
> Des soes choses despecier.

In schwierigen Situationen lässt *Chrestien* den
lieben Gott in seiner Barmherzigkeit in die Handlung eingreifen (als deus ex machina). In dem
Augenblick, da Enide sich im Schmerze über den
vermeintlichen Tod ihres Gatten das Leben nehmen
will :

Er. 4670/1 :

> Deus la fist un po retarder
> Qui plains est de misericorde.

Er. 4678 :

> Deus ne la vost mie obliër.

Jener naiven Anschauung von Gottes Wesen entspricht auch ein durchaus festes Gottvertrauen *):

Yv. 4332—35:

> Mes buene fiance an lui a
> Que Deus et droiz li eideront
> Qui a sa partie seront:
> An ces conpaignons mout se fie

(im Gotteskampfe, den Yvain als Verteidiger der Unschuld der Lunette gegen 3 Gegner auf sich genommen hat). In derselben Weise:

Yv. 4414/5:

> Deus se retient devers le droit
> Et Deus et droiz a un se tienent

Im Vertrauen auf die gerechte Sache, die Yvain verficht, äussert er:

Yv. 4470/1:

> Ja Deus ne m'an let removoir
> Tant que je delivree l'aie.

Aehnlich spricht sich die enterbte Schwester aus:

Yv. 5983/4:

> Deus et li droiz que je i ai,
> An cui je me fi et fiai

Besonders charakteristisch für sein zuversichtliches Vertrauen auf Gottes Hülfe ist folgende Reflexion des Dichters, mit Hinweis auf den ehebrecherischen und gegen Erec's Leben gerichteten Anschlag des Grafen Galoain.

Er. 3428/9:

> Mes Deus li porra bien eidier,
> Et je cuit que si fera il.

5. Einen hervorragenden Zug in *Chrestien's* Charakter bildet sein stark entwickeltes, allerdings berechtigtes Selbstgefühl. Seine Stellung als Dichter gegenüber den handwerksmässigen Spiel-

---

*) Settegast, p. 29: „Die *Chrestien*'sche Religiosität kommt über äussere Formen nicht hinaus."

leuten, welche die wahre Dichtung zerstückeln und verderben, will er scharf abgegrenzt wissen.

Er. 19—22:

> . . . li contes
> Qne devant rois et devant contes
> Depecier et corronpre suelent
> Cil qui de conter vivre vuelent.

Mit seinem Wissen will er nicht kargen:

Er. 13—18:

> Et tret d'un conte d'avanture
> Une mout bele conjointure,
> Par qu'an puet prover et savoir
> Que cil ne fet mie savoir,
> Qui sa sciance n'abandone
> Tant con Deus la grace l'an done.

Mit welchem Selbstgefühl ferner zählt *Chrestien* im Eingang des Cligés seine Werke auf! Er glaubt seinen Ruhm schon derart befestigt, dass er es für überflüssig zu halten scheint, seinen Namen zu nennen (Cil qui fist u. s. w). Leider artet dieses Selbstgefühl auch gelegentlich aus. Dies zeigt sich in den prahlerisch klingenden Worten, mit denen er selbst seinen unsterblichen Ruhm verkündet, der fortbestehen wird:

Er. 25—26

> Tant con durra crestiantez,
> De ce s'est Crestiiens vantez.

6. Dass *Chrestien* kein Bedenken trägt, Anstoss erregende Situationen in nacktester Wirklichkeit und nicht ohne ein gewisses Behagen darzustellen, darf ihm nicht allzu sehr zur Last gelegt werden.

Er. 2070—2108 schildert der Dichter in recht sinnlichen Zügen die Brautnacht Erecs und Enidens; ferner auch Cl. 3332—70. Diese oft allzu deutliche und drastische Ausdrucksweise (Er. 5248—50,

3398/9: Enidens fingierte Bemerkung, die nur auf ihres Gatten und ihre eigne Rettung hinzielt; ferner Cl. 2375/6, 6450,1, während sich Yvain von anstössigen Stellen ganz frei zeigt) entspricht jedoch der Zeitrichtung und darf daher, da sie auch in späteren Jahrhunderten auftritt, nicht befremden. Ueberdies schildert *Chrestien* auch hier mit voller Naivität. Lüsternheit liegt ihm fern.

C. Seine Stellung zur Gesellschaft und zu seinem höfischen Hörerkreise.

Wir haben *Chrestien* bereits als einen Vertreter des Amor-Cultus kennen gelernt. Seine ideale Auffassung von der Liebe hat er am schönsten im Yvain ausgesprochen.

Yv. 6051/2:

Qu'amors qui n'est fause ne fainte
Est precieuse chose et sainte.

1. In dieser Begeisterung kommt ihm der Gegensatz zu solchen, die gegen den Minnedienst gleichgültig sind, ganz besonders zum Bewusstsein. Er führt deswegen bittere K l a g e ü b e r d e n N i e d e r - g a n g d e s A m o r s - O r d e n s i n d e r Gegenwart, während die frühere Zeit demselben eifrig angehangen hätte (Yv. 15—20). Die Liebe der Quell aller Tugenden:

Yv. 21—23:

Car cil qui soloient amer
Se feisoient cortois clamer
Et preu et large et enorable.

Ein ähnlicher Gedanke ist noch in dem ersten der beiden lyrischen Lieder ausgesprochen:

V. 17—18:

Nuls, s'il n'est cortois et sages,
Ne puet d'amors riens aprendre.

Aber alles dies ist anders geworden. Wer jetzt

von Liebe spricht, begeht eine Lüge (Yv. 24—28).
Im Unmut wendet sich *Chrestien* von der unhöfischen
Gegenwart ab zu der höfischen Vergangenheit.

Yv. 31—32:

> Qu'ancor vaut miauz, ce m'est a vis,
> Uns cortois morz qu'uns vilains vis.

Yv. 5394—96:

> Car la janz n'est mes amoreuse,
> Ne n'aimment mes si com il suelent,
> Que nes oïr parler n'an vuelent.

Ebenso bitter beklagt er die Entweihung, die
sich Amor selbst zu Schulden kommen lässt, der sich
nicht scheut, den gemeinsten Winkel ebensowohl
aufzusuchen, wie den angemessensten Ort. (Vgl. Yv.
1386—90).

Yv. 1395—97:

> Amors qui si est haute chose
> Que mervoille est comant ele ose
> De honte an si vil leu desçandre.

Chrestien ist ein M o r a l i s t , der die Schäden
der Gesellschaft aufdeckt, wo er sie findet.

2. So verschont er auch nicht die F r a u e n , so
sehr er auch sonst ihre Schönheit feiert.

Er tadelt ihre Verstellungssucht:

Yv. 1640—44:

> Mes une folor a an soi (Laudine)
> Que les autres dames i ont
> Et a bien pres totes le font,
> Que de lor folies s'ancusent
> Et ce qu'eles vuelent refusent.

Ferner: Yv. 2109—12:

> Si se fet preiier de son buen
> Tant que ausi con maugré suen
> Otroie ce qu'ele feïst,
> Se chascuns li contredeïst

Yv. 2137/8:

> Tant li prïent que lor otroie
> Ce qu'ele feïst tote voie,

Der Wankelmut der Frauen, wird als etwas dem weiblichen Charakter Natürliches gekennzeichnet:

Yv. 1436:

> Que fame a plus de mil corages.

Ebensowenig schmeichelhaft ist folgender Ausspruch:

Er. 3350—53:

> Bien est voirs que fame s'orguelle,
> Quant l'an plus la prie et losange;
> Mes qui la honist et leidange,
> Cil la trueve mellor sovant.

Dies berechtigt aber noch nicht zu der Annahme, dass „der Franzose (*Chrestien*) überhaupt nicht der Frauen Freund sei". Vgl. Settegast p. 27.

Wenn auch *Chrestien* auf der einen Seite ihre Schwächen bloss stellt, so zeigt er sich doch andererseits als eifrigsten Verehrer des schönen Geschlechtes.

Er. 6058/62:

> Qui veeroit rien a s'amie?
> N'est pas amis qui antreset
> Tot le buen s'amie ne fet
> Sanz rien leissier et sanz feintise,
> S'il onques puet an nule guise.

3. Bemerkenswert ist *Chrestien's* Stellung zur Geistlichkeit, die er zwar nur vereinzelt, aber mit um so grösserer Schärfe geisselt.

Er gebraucht die Bezeichnung Betrüger, die wohl das Gute lehren, aber selbst nicht danach thun:

Yv. 2535—38:

> . . . . li preecheor,
> Qui sont desleal tricheor,
> Ansaingnent et dïent le bien
> Don il ne vuelent feire rien.

Wie geringschätzig *Chrestien* über den Priesterstand dachte, bekundet noch folgende Stelle:

Er. 6576/9 :

> N'ot pas rote de chapelains, •
> Ne de fole jant esbaïe,
> Mes de buene chevalerie
> Et de jant mout bien atornee.

In seinen Bestrebungen, veredelnd auf Geschmack und Neigungen der Gesellschaft seiner Zeit einzuwirken, liegt es *Chrestien* selbstredend fern, sich dadurch in einen schroffen Gegensatz zu derselben zu stellen.

4. So heftig er gesellschaftliche Zustände geisselt, so geschmeidig zeigt er sich, wenn es sich darum handelt, die Gunst des Hörerkreises zu gewinnen.

Schon die Verschiedenheit seiner Werke zu Anfang seiner Laufbahn (Ovidiana, Tristan, Erec — lyrische Erzeugnisse) weist darauf hin, dass er ein richtiges Gefühl für die Zeitströmungen besass, wie sehr er dem Geschmack der Gesellschaft, für die er dichtete, Rechnung trug bei der Auswahl des zu behandelnden Stoffes (cf. p. 16 – 22). Mannigfaltigkeit und Abwechselung musste einem Volke geboten werden, dessen Horizont durch die Berührung mit den orientalischen Völkern sich um ein Beträchtliches erweitert hatte, einer Zeit, die einen Höhepunkt mittelalterlicher, gesellschaftlicher Kultur erreicht hatte. So bearbeitete *Chrestien,* wie wir schon gesehen haben, Artus-Romane, nachdem er vorher den vereinzelt dastehenden Tristan gedichtet hatte. Jener reichhaltige Sagenstoff war nicht neu*), aber

---

*) Vgl. Galfrid von Monmouth, in dessen Historia Britonum schon die Gestalt Arthur's in glänzendem Lichte hervortrat; ferner vgl. die Neubearbeiter Galfrid's: Geoffroi Gaimar und den bedeutenderen Wace in seiner Geste des Bretons (Roman de Brut). ten Brink: Gesch. der engl. Litteratur I. Band p. 168—170 und 174—177.

noch völlig unverbraucht und deshalb geeignet, den
Hörerkreis zu fesseln. „Man liess sich fortreissen
durch das Wunderbare und Geheimnisvolle nicht
weniger als durch das Ritterliche und Heldenhafte“,
deren Verbindung einen mächtigen Zauber ausübte. *)
Unser Dichter verstand es so in hohem Masse, das
Interesse seiner Hörer sich auch dauernd zu erhalten.

Um dem Geschmack derselben zu entsprechen,
empfahl es sich dem Dichter, den griechischen Stoff
des Cligés-Romans mit der beliebt gewordenen Artussage zu verbinden und Vater und Sohn ihre Thaten
am Hofe des Königs Artus ausführen zu lassen. Artus war das Jdeal der damaligen höfischen Gesellschaft geworden, und *Chrestien* war durch jene, wenn
auch gewaltsame Verbindung von vorn herein des
Erfolges gewiss.

Im Laufe seiner Darstellung tritt er in
den lebendigsten Verkehr mit seinen Hörern und
glaubt, ihnen bald über diesen, bald über jenen
Punkt Rechenschaft ablegen zu müssen.

5. Er unterlässt nicht die Quellen-Angabe
(mit einziger Ausnahme des Yvain). Vgl. hierüber
Förster (kl. Yvain-Ausgabe. Einl. p. XI ff.)

Die Glaubwürdigkeit des zu behandelnden
Gegenstandes betont *Chrestien* im Cligés mit Berufung
auf das hohe Alter des Stoffes, den er der Kathedral-
Bibliothek zu Beauvais entnommen habe:

---

*) „Die romantische Ritterepopöe ist anzusehen als
ein echtes Kind der Kreuzzüge. Diese hatten den christlichen
Wunderglauben auf seinen Gipfelpunkt erhoben, und das Wunderbare ist daher die Atmosphäre, in welcher die Ritterdichtung atmet.“
s. Joh. Scherr. Gesch. deutscher Cultur u. Sitte, Leipzig 1854.
pag. 123.

Cl. 24—26:

> Li livres est mout anciiens,
> Qui tesmoingne l'estoire a voire;
> Por ce fet ele miauz a croire.

Oder mit Bezugnahme auf die Geschichte:

Er. 5738:

> Lonc l'estoire chose veraie

Er. 3590:

> . . . . si con l'estoire reconte.

Am Schluss seines Yvain giebt er die Versicher-
ung, die Erzählung vollständig und wahrheitsgemäss
mitgeteilt zu haben.

Yv. 6816—18:

> Qu'onques plus conter n'an oï
> Ne ja plus n'an orroiz conter,
> S'an n'i viaut mançonge ajoster.

Cl. 3371:

> A une foiz vos ai tot dit.

Er. 424:

> Por voir vos di . . . . . .

Er. 967:

> . . . . sanz mantir, dsgl. 1390.

Er. 3678:

> De lui vos sai verité dire,

dsgl. 5330, 6876, 6764.

Er. 5938:

> Et ce sachiez vos tot de fi.

Er. 6247:

> Et la verité li reconte.

Er. 6520:

> Si li distrent la verité, 6764

Yv. 6535:

> Ne cuidiez pas que je vos mante.

Yv. 6800:

> Si poez croire . . . .

Er. 6790:

> Sanz mantir et sanz decevoir.

Er. 6767:

> Ne ja n'an mantira de rien.

Er. 6923—29:

> Mes je ne vos vuel feire acroire
> Chose qui ne sanble estre voire.

Man çonge sanbleroit trop granz,
Se je disoie que cinc çanz
Tables fussent mises a‿tire
An un palés, ja nel quier dire;
Einz an i ot cinc sales plainnes.

Durch dieses Wiedereinlenken will *Chrestien* be-
weisen, wie sehr er es vermeidet, von der Ueber-
lieferung abzugehn und den Pfad der Wahrheit zu über-
treten. Keineswegs möchte er beim Hörer das Gefühl der Uebertreibung aufkommen lassen. So sind
auch die vielen Versicherungen, dass er wahrheitsgemäss erzähle, zu erklären. *Chrestien* kennt sein
Publikum. Es ist autoritätsbedürftig und bedarf daher
jener Wahrheits-Beteuerungen. Für uns sind dieselben
natürlich bedeutungslos, ja geradezu formelhaft, da
sie überall begegnen und auch zu oft wiederkehren.
Trotzdem hat man keinen Grund, im einzelnen Fall
der Quellen-Angabe (wie oben; vgl. ferner die Berufung auf Makrobius p. 10 ff und auf Paulus, p. 13
ff.) an der Glaubwürdigkeit zu zweifeln, nach dem
Eindruck zu urteilen, den *Chrestien's* Persönlichkeit
hervorruft.

Wie rege und mannigfaltig sich der Verkehr
Chrestien's mit seinen Hörern gestaltet, mögen noch
folgende Beispiele zeigen:

6. Aus Rücksicht auf die meisten der Hörer
will er die Schilderung der Hochzeit Alexanders und
Soredamors nicht weiter ausdehnen. Cl. 2358/9.

Cl. 4636/7:

Ne cuidiez pas que je vos die,
Por feire demorer mon conte,

ferner Cl. 4622—25.

Um Langeweile fern zu halten, versagt es sich
Chrestien sogar, auf sein Lieblingsthema (Beschreib-

ung der Liebeswunde) weiter einzugehen, so schwer
ihm dieser Verzicht auch wird. Yv. 5389—93 (u. a.
Beispiele).

Dieser rege Verkehr fällt besonders bei der
Lectüre des Erec in die Augen.

Chrestien ist ein höfischer Dichter. Als
solcher ist er dem Volke fremd geblieben, da ja
seine Dichtungen nicht zum Singen bestimmt waren,
sondern einem höfischen Kreise vorgelesen wurden.
Im übrigen aber ist seine Stellung dem Volke gegenüber gar nicht so exclusiv. Er beschränkt sich keineswegs darauf, nur von tapferen Rittern und schönen
Frauen zu erzählen, vielmehr liebt er es, den Hörer
auch mit der Stimmung des zuschauenden Volkes
bekannt zu machen, wenn es sich um irgend ein
wichtiges Ereignis handelt. Es ist dies nicht bedeutungslos für einen Dichter, der seiner Lebensstellung
nach dem Volke fern stand.

Ob er selbst adliger Herkunft war, wissen wir
nicht; aber wir begegnen ihm nur im Verkehr mit
fürstlichen Personen aus den höchsten Kreisen des
Landes. Zu seinen Gönnern zählt in erster Linie die
Tochter König Ludwig's VII. (aus seiner ersten Ehe
mit Eleonore v. Poitiers): M a r i e, die seit 1164 mit
Heinrich I. v. Champagne vermählt war. Im Eingange zum Lancelot (li Romans de la Charrete ed.
Jonckbloet) nennt *Chrestien* die Fürstin „m a d a m e d e
C h a m p a i g n e" und bezeichnet sie als diejenige,
die ihm den Stoff und den Geist zu seinem Werke
geliefert habe.

V. 1—29:

Puis que ma dame de Champaigne
Vialt que romans à feire anpraigne,

Je l'anprendrai moult volantiers,
Come cil qui est suens antiers
5. De quanqu'il pent el monde faire,
Sanz rien de losange avant treire.
Mes tex s'an poist antremetre,
Qu'il i volsist losenge metre
Si deist et jel' tesmoignasse
10. Que ce est la dame qui passe
Totes celes qui sont vivanz,
Si con li funs passe les vanz
Qui vante en Mai on en Avril.
Par foi je ne sui mie cil
15. Qui vuelle losangier sa dame.
Dirai-je: tant com une jame
Vaut de pailes et de sardines
Vaut la contesse de reïnes?
Naie voir je n'en dirai rien,
20. S'est-il voirs maleoit gré mien;
Mès tant dirai-je que mialz oevre
Ses comandemanz an ceste oevre
Que sans nè painne que j'i mete.
Del' chevalier de la charrete
25. Comance *Crestïens* son livre;
Matiere et san li done et livre
La contesse et il s'antremet
De panser que guères n'i met
Fors sa painne et s'antancion, ...

Diese Worte legen Zeugnis ab ebensosehr von seiner Ergebenheit, wie von der bevorzugten Stellung, die er ohne Zweifel der Gräfin gegenüber einnahm.

Näheres über seine Beziehungen zu Marie wissen wir nicht, ebensowenig, warum und wann *Chrestien* den Hof des Grafen v. Champagne verlassen hat. Bezgl. der Zeit vermutet *Förster*, dass dies zwischen 1168 und 1178 geschehen sein müsse. (s. kl. Cligés-Ausgabe p. X).

Reichhaltiger und ergiebiger ist die Eingangsstelle aus Perceval, aus der wir auf *Chrestien*'s Verhältnis zum Grafen v. Flandern: Phil. v.

E l s a s s schliessen können: Bibliographie de *Chrestien de Troyes* p. 21—22 (Ch. P o t v i n).

V. 7—14:

Crestiens saime et fet semance
D'un romans que il encommance,
Et si le saime en si bon leu
10. Qu'il ne puet estre sanz grant preu;
Qu'il le fet por le plus preudomme
Qu'il soit en l'empire de Romme: *)
C'est li quens Phelippes de Flandres
Qui miez vaut ne fist Alixandres

V. 25—36:

Li quens aimme droite justice,
Et loiauté et sainte église,
Et toute vilonnie het
C'est plus sages que nul ne set; **)
Qu'il donne selonc l'evangille,
30. Sans ypocrisie et sans guille,
Qu'il dist: Ne sache ta main destre
Les bien que fes a ta senestre;
Çil le sache qu'il le reçoit
Et Dieu qui touz les secrez voit
35. Et set tutes les repostailles,
Qui sont es cuers et es entrailles.

V. 49—66:

Donc sachiez bien de vérité
50. Que li dons sont de charité
Que li bons quens Phelippe donne,
C'onques nullui n'en arresonne
Fors son franc cuer débonnère,
Qui li loe et commande à fere.
55. Ne vaut il miex que ne valut
Alixandre qui ne chalut
De charité ne de nul bien.
Oïl, n'en dotez jà de rien.
Dont aura bien sauvé sa painne
60. *Crestiiens* qui entant et painne
Par le commandement le Conte
A commencier le meilleur conte

---

*) V a r i a n t e: Qui soit . . . . .
**) V a r i a n t e S'est plus larges . . . .

Qui soit contés en court royal;
Ce est li livres du Graal
65. Dont li quens li bailla le livre ;
S'orrez comment il se delivre.

Das Bild, das hier *Chrestien* von dem Charakter
seines Gönners entwirft, ist ein überaus schmeichel-
haftes. Er weiss des Lobes nicht genug zu sagen über
die trefflichen Eigenschaften des Grafen : über dessen
Gerechtigkeitsliebe, seinen offenen und geraden Sinn,
seine wahre Frömmigkeit und ganz besonders über
seine 'Freigebigkeit, die er als die Krone seiner
Tugenden preist. Die Beziehungen unseres Dichters
zum Grafen v. Flandern müssen demnach recht
herzliche gewesen sein.

Ein Mensch, der hohe Tugenden in so begeisterter Weise feiert, der gegen Heuchelei und Verstellung mit scharfen Waffen vorgeht, kann nur
unsere Anerkennung gewinnen ; sein Charakterbild
kann durch die Schwächen, denen wir begegnet sind,
nicht verzerrt werden. Dieser Betrachtung weiss
ich keinen bessern und unsers Dichters würdigeren
Abschluss zu geben, als durch den Hinweis auf den
von jeder Ueberhebung, jedem Uebermass sich fern
haltenden Patriotismus, dem *Chrestien* in der
berühmten Eingangsstelle zum Cligés in schönster
Weise Ausdruck verleiht : Er ist stolz auf die Pflege
der Gelehrsamkeit in Frankreich und wünscht sehn-
lichst, dass sie daselbst eine bleibende Stätte finde :

Cl. 34—39 : Et de la clergie la some ,
Qui or est an France venue.
Deus doint qu'ele i soit retenue
Et que li leus li abelisse
Tant que ja mes de France n'isse
L'enors qui s'i est arestee.

II. Teil
Chrestien als Dichter.
Einleitung.

Ueber dem Verhältnis *Chrestien's* zu den von
ihm angeführten Q u e l l e n *) schwebt noch ein
ziemliches Dunkel. Die Quelle des Cligés glaubt *W.
Förster* in der XI. Erzählung des Marque de Rome
p. 135 (ed J. Alton) gefunden zu haben: cf. seine
Einl. zu Cl. XV—XVIII, ferner Er. p. X Anm. und
Er. XLI—XLII: „Wir sehen" (sagt *Förster*), „wie
kaum die nackte Fabel (dies war sein livre) beibe-
halten, dieselbe aber in einem Hauptpunkte mit
gutem Vorbedacht geändert ist, wie er aus einem
ganz anderen Stoffe (aus Salomon und Markulf) die
Marterprobe Fenicens hinein verarbeitet, und das
Gedicht nur rein äusserlich und gewaltsam mit Artus in Verbindung gebracht hat." Alles Uebrige ist
Eigentum des Dichters, so vor allem ausser der Vor-
geschichte Alexander und Soredamors das Motiv der
Jungfräulichkeit Fenicens, trotz der Ehe mit dem ihr
aufgedrungenen Alis. Auf Grund dieser Resultate
wird *Förster* zur Annahme der gleichen Selbständigkeit *Chrestien's* in bezug auf Erec und Enide geführt.
Chrestien hätte demnach wahrscheinlich nur den zu-
sammenhangslosen Sagenstoff, das Gerippe des
Romans, entlehnt, während die künstlerische Gestalt-

---

*) Ausser F ö r s t e r haben darüber geschrieben:
R a u c h : Die wälische, franz. und deutsche Bearbeitung
der Jweinsage, Berlin 1869 pag. 4—18.
Ferner H. G o o s e n s in einer allerdings kritiklosen Com-
pilation: Ueber Sage, Quelle und Composition des
Chevalier an lyon des *Chrestien von Troyes*. (Neuphi-
lolog. Studien 1883, I. Heft, V. Cap. 29—37).

ung und Vertiefung desselben durch psychologische Probleme sein Verdienst wäre, immerhin ein grosses Verdienst, da in der Art und Weise, wie er den gegebenen Stoff seinen Ideeen und Intentionen gemäss modificiert, die Grösse unseres Dichters beruht.

Jener Selbständigkeit steht nun aber die sklavische Abhängigkeit, mit der *Chrestien* der Quelle des Lancelot-Romans Schritt für Schritt folgt, schroff gegenüber (vgl. seine eignen Worte Lanc. v. 26—29, s. p. 46). Allein die Abhängigkeit findet in diesem Falle ihre hinreichende Erklärung in der Ergebenheit *Chrestien's* seiner Gönnerin gegenüber, der dame de Champaigne. Diese hatte ihm den Auftrag erteilt, einen Roman zu bearbeiten, dessen Stoff und Tendenz er sich nicht einmal frei wählen konnte. Dadurch war ihm von vorn herein die Gelegenheit genommen, seine schöpferische Gestaltungskraft zu entfalten. Ein Dichter wie *Chrestien* musste sich gedrückt und beengt fühlen, wenn er es auch selbst natürlich nirgends durchblicken lässt, im Gegenteil ausdrücklich hervorhebt: Je l'anprendrai mout volantiers v. 3.

Trotz dieses Gefühls der Gebundenheit möchte ich aber doch nicht mit *Förster* schliessen (s. Yv. XXVII, Anm. 2), dass dies der Grund sein könne, weswegen *Chrestien*, „dem durch den ihm gegebenen Auftrag die Hände gebunden waren, endlich voller Missbehagen über den ihm nicht zusagenden Gang und die ganz fehlende Lösung das Werk hat unvollendet liegen lassen". Denn man wäre dann zu der Frage berechtigt: weshalb hat er es überhaupt angefangen und beinahe bis zum Schluss fortgeführt? Würde nicht *Chrestien* alsdann geradezu seine Herrin beleidigt haben? Vielleicht liesse sich eine andere Hypotese *) aufstellen; aber etwas Sicheres ist überhaupt nicht zu ermitteln.

Wie dem auch sein möge, jedenfalls erkennt man schon aus dieser kurzen, einleitenden Betrachtung, dass *Chrestien* seinen Quellen, nach der stofflichen Seite hin, eine verschiedene Behandlung angedeihen liess, was späterhin, wenn die einzelnen Werke mit einander verglichen werden, noch deutlicher hervortreten wird.

A. Geistiger Inhalt in Chrestien's Dichtungen.
I. Gegenstand derselben:
a) Rittertum am Hofe des Königs Artus.

Das verfeinerte Geistesleben jener Zeit hatte natürlich auch eine völlige Umgestaltung des ganzen ritterlichen Wesens im Gefolge. Es begegnet uns zwar noch dieselbe Ruhmbegierde, derselbe Thatendurst, wie bei den nationalen Helden in den chansons de geste; aber *Chrestien's* Rittertum ist gesellig, erscheint gesellschaftlich veredelt, von ritterlichen und menschlichen Idealen getragen. An Stelle der rohen, ungestümen Kraft stehen körperliche und geistige Vorzüge in mehr veredelter Ge-

---

*) Man könnte den Grund für das plötzliche Abbrechen des Gedichtes in einer Aenderung des anfänglich guten Verhältnisses zur Gräfin suchen. Unter solchen Umständen konnte ihm an der Vollendung eines Stoffes nichts mehr liegen, den er weniger aus dichterischem Interesse, als vielmehr mit Rücksichtnahme auf seine hohe Gönnerin behandelt zu haben scheint. Dass *Chrestien* ihren Hof verlässt und wir ihm später am Hofe des Grafen v. Flandern begegnen, würde diese Vermutung nur noch stützen, ferner der Umstand, dass der Name der Gräfin in seinen späteren Werken nicht mehr erwähnt wird.

gestalt. Ritterliche Ehre und ritterliche Tugend,
feinere Formen höfischen Verkehrs und höfischer
Sitte, also der Inbegriff aller proesce und courtoisie: dies sind die charakteristischen Merkmale, in
denen uns *Chrestien's* Rittertum entgegentritt. Wie
früher Karl der Grosse, so bildet nunmehr Artus den
Mittelpunkt, um den sich die Helden scharen, von
dessen Hofe sie auf Thaten ausziehen und zu dem
sie sieg- und ruhmgekrönt zurückkehren. Aus seiner
ursprünglichen Stellung als Führer der Britten her-
ausgehoben, ist A r t u s zu einem mächtigen, sieg-
reichen Könige geworden, der auf eine glanzvolle
Vergangenheit zurückblickt.

So erscheint er bei *Chrestien* auf's höchste ideali-
siert:

Cl. 310/11:

. . . . . le meillor roi del mont,
Qui onques fust ne ja mes soit

inmitten seiner Tafelrunde als edelster Vertreter
jenes hohen Rittertums:

Als vornehmste seiner Tugenden strahlt die
largesce.

Er. 6667—72:

Mout fu li rois puissanz et larges:
Ne dona pas mantiaus de sarges,
Ne de conine ne de brunetes,
Mes de samiz et d'erminetes,
De ver antiers et de diaspres,
Listez d'orfrois roides et aspres.

Diese Tugend auszuüben, giebt ihm seine un-
geheure Machtfülle auch Gelegenheit. Ein Alexander
oder Caesar wäre im Vergleich zu ihm arm und
knauserig erschienen. Vgl. Er. 6673—85.

Er. 2060—68:

Li rois Artus ne fu pas chiches;

Bien comanda as penetiers·
Et as queus et as botelliers,
Qu'il livrassent a grant planté
A chascun a sa volanté
Et pain et vin et veneïson.
Nus n'i demanda livreison
De rien nule, qneus qu'ele fust,
Qu'a sa volanté ne l'eûst.

Ferner am Schluss des Krönungsmahls zu
Ehren Erecs und Enidens:

Er. 6953—57:

Mout lor ot doné largemant
Chevaus et armes et arjant,
Dras et pailes de mainte guise,
Por ce qu'il iert de grant franchise.

Neben der largesce tritt besonders Artus ver-
zeihende G r o s s m u t hervor: so gegen die aufrührer-
ischen Mannen des in England zurückgelassenen
Statthalters Angrés:

Cl. 2187—89:

Car tot son mautalant et s'ire
Vos pardonra li rois mes sire,
Tant est il douz et de bon'eire.

Dem von Erec wegen seiner Rohheit bestraften
Yder lässt der König Artus nicht nur völlige Verzeihung angedeihen, sondern er erhebt ihn noch dazu zu einem Ritter der Tafelrunde: (Er. 1228 –31).

Gerade im Erec fällt es besonders in die Augen, wie der Dichter jede Gelegenheit benutzt, um
den König Artus zu verherrlichen.

Er. 3884- 87:

Plus n'an a rois ne anperere
Fors le roi Artu solemant.
Celui an ost je voiremant,
Car a lui nus ne s'aparoille.

Sein Ruhm ist unsterblich:

Yv. 38:

Que toz jorz mes durra ses nons.

Chrestien feiert ihn als Hüter des Rechts,
der Wahrheit und althergebrachten Sitte:

Er. 1793—1814:

> Je sui rois, ne doi pas mantir,
> Ne vilenie consantir,

1795: Ne fausseté ne desmesure!
> Reison doi garder et droiture.
> Ce apartient a leal roi
> Que il doit maintenir la loi,
> Verité et foi et justise.

1800: Je ne voudroie an nule guise
> Feire desleauté ne tort,
> Ne plus au foible que au fort.
> N'est droiz que nus de moi se plaingne
> Ne je ne vuel pas que remaingne

1805: La costume ne li usages
> Que siaut maintenir mes lignages.
> De ce vos devroit il peser
> Se je vos voloie alever
> Autres costumes, autres lois

1810: Que ne tint mes pere li rois.
> L'usage Pandragon mon pere,
> Qui fu droiz rois et anperere,
> Doi je garder et maintenir,
> Que que il m'an doie avenir.

Seine Klugheit im Gerichthalten erinnert an
Daniel's Verfahren bei der Ueberführung der An-
kläger Susannas: s. die formalistische Ueberrumpel-
ung, mit der Artus in dem Erbstreit der beiden
Töchter des Herrn de la Noire Espine die verbrecherische, ältere Schwester entlarvt.

Yv. 6384—93:

> „Ou est", fet il, „la dameisele
> Qui sa seror a fors botee
> De sa terre et deseritee
> Par force et par male merci?"
> „Sire", fet ele, „je sui ci".
> „La estes vos? Venez donc çà!

6390: Bien le savoie grant piéç'a
> Que vos la deseritiiez.
> Ses droiz ne sera mes noiiez;
> Que coneü m'avez le voir.

So ist Artus ein leuchtendes Vorbild für alle ritterlichen Tugenden:

Yv. 1—3:

> Artus, li buens rois de Bretaingne,
> La cui proesce nos ansaingne
> Que nos soiiens preu et cortois . . . . .

Yv. 39—41:

> Et par lui sont ramanteü
> Li buen chevalier eslett
> Qui an enor se traveillierent.

Einem solchen Könige stehen **t a p f e r e u n d e d l e R i t t e r** würdig zur Seite:

E r e c ist ebensowohl durch innere wie durch äussere Vorzüge ausgezeichnet (Er. 4637—40).

Beachtenswert ist das Lob, das ihm aus Feindes Munde gespendet wird:

Er. 3652/3:

> Onques ne fu de mere nez
> Miaudre chevaliers de cestui.

Da Erec im Kampfe mit Keu sieht, dass dieser unbewaffnet ist, dreht er seine Lanze um. Denn er will keinen Vorteil vor ihm voraus haben. (Er. 4044—47).

Dieses Merkmal ist sehr charakteristisch für die echt ritterliche Gesinnung *Chrestien*'scher Helden. **G a u v a i n** wird von Keu als der Ritter bezeichnet:

Er. 4062:

> An cui graindre proesce abonde,

ferner Er. 4092:

> Qui de grant franchise fu plains.

Vor allen übrigen Rittern zeichnet er sich durch seine **k l u g e V o r s i c h t** aus. Er fürchtet Streit, falls der Sieger in der von Artus veranstalteten Jagd auf den weissen Hirsch eine Jungfrau für die schönste erklärt und sie küsst, wie es die Sitte ihm gestattet.

Denn jede dameisele habe einen Ritter zum Freunde
(Er. 41—58).

Hier zeigt sich Gauvain dem König Artus sogar überlegen.

Diese Seite in Gauvains Charakter*) tritt ganz
besonders in Erscheinung in den (zu Gunsten des
Rittertums) an Yvain gerichteten Ermahnungen, um
diesen vor dem Verliegen an der Seite seiner jungen
Gattin zu schützen: Yv. 2484—2538.

Ritterliches und höfisches Wesen
Frauen gegenüber wird auf's strengste beobachtet:
(Er. 5554—63).

Erec richtet folgende galante Bemerkung an die
Königin Ganievre:

Er. 109/110:
> Je ne ving ça por autre afeire
> Fors por vos conpaignie a feire.

Ritterliches Verhalten Yvain's zwei Damen
gegenüber, deren Dankbarkeitsäusserungen (Fussfall)
er ablehnt:

Yv. 3978—87:
> . . . . Deus m'an defande
> Que orguiaus an moi tant desçande
> 3986: Que a mon pié venir les les!
> Voir ja n'obliëroie mes
> La honte que je an avroie . . . .

Der Adel seiner Gesinnung zeigt sich auch
in seiner ungezwungenen Bereitwilligkeit, mit der er
sich einer Hülfesuchenden und Verlassenen annimmt,
ohne sie überhaupt zu kennen. (Yv. 5987—90).

Hervorzuheben ist noch Yvain's freundliches
Benehmen einer Kammerzofe gegenüber: Als Lunette

---

*) Wir sehen, wie *Chrestien* individualisiert. Gauvain in so
vielen Zügen mit Yvain übereinstimmend, ist doch grundverschie-
den von ihm gerade durch diesen einen Charakterzug: seine kluge
Vorsicht.

wegen ihrer dienenden Stellung am Höfe des Königs
Artus von niemandem eines Wortes gewürdigt wurde,
war es Yvain allein, der ihr Dienst und Ehren er-
wies. (Yv. 1004—11).

Mit peinlicher Genauigkeit betont der Dichter,
dass seine Ritter keinen Verstoss gegen die
höfische Sitte begehen.

Cl. 314—16:

> Mes ainz que devant lui venissent,
> Ostent les mantiaus de lor cos,
> Que l'an ne les tenist por fos.

Dass auch ein gesunder, religiöser Sinn
diesen Rittern eigen ist, dafür liefert Yvain abermals ein
leuchtendes Beispiel: In dem Zweikampfe, den er für
Lunettens Unschuld auszufechten im Begriff steht,
sieht er sich drei Gegner gegenüber. Allein im Bewusstsein der gerechten Sache und in vollem Vertrauen auf Gott[*]), stehen ihm in droit und deus
zwei starke Bundesgenossen zur Seite, mit denen er
mehr auszurichten glaubt, als seine Feinde mit ihrem
prahlerischen Drohen. (Yv. 4442—48).

Der von Erec aus der Gewalt der beiden Riesen
befreite Ritter Cadoc giebt erst Gott die Ehre, bevor
er seinem Befreier Dank abstattet. (Er. 4474/5).

Reine und uneigennützige Motive haben
Erec dazu getrieben, sein Leben für das Wohl eines
andern aufs Spiel zu setzen. Jeden Dank und jede Unter-
thänigkeitsbezeugung lehnt er ab; nur die eine Ehren-
erweisung macht er dem Ritter zur Pflicht, dass er
am Hofe des Königs Artus der Wahrheit gemäss
von dem Siege berichten solle: (Er. 4524—41).

---

[*]) F. Settegast in „Hartmanns Yvain verglichen mit seiner
altfranz. Quelle, Marb. 1873", stellt dieses Gottvertrauen bei den
Chrestien'schen Charakteren in Abrede.

In ähnlicher Weise schickt Yvain seinem Freunde Gauvain den Zwerg und die Befreiten zu, um zunächst ihn und dann auch sich zu ehren: Yv. 4273—79.

Yv. 4280/1:

> „Car por neant fet la bonté
> Qui ne viaut qu'ele soit seüe".

Also Ruhmbegierde erfüllt ihr ganzes Wesen: doch prahlerisches Prunken liegt ihnen fern:

Er. 633/4:

> „Se deus done que je m'an aille
> A tot l'enor de la bataille".

Er. 663:

> Se deus la victoire me done.

Er. 5860—02:

> Si faz folie qui me vant;
> Mes je nel di por nul orguel
> Fors tant que conforter vos vuel.

Bei Cligés tritt die Tugend der Bescheidenheit besonders hervor. Obwohl er grosse Thaten verrichtet hat, weist er doch das Anerbieten seines Oheims, mit ihm die Regierung zu teilen, zurück, da er sich seiner Unmündigkeit noch voll bewusst ist. Cl. 4240—44.

Chrestien betont ausdrücklich:

Cl. 4897:

> Mes il ne se vante de rien.

Das übermässige Lob, das ihm an Artus Hofe gespendet wird, lässt das Blut ihm in den Kopf schiessen. (Cl. 5020/1).

Seinem Schmerze durch Weinen Luft zu machen, galt damals nicht für unmännlich und unritterlich. Im Gegenteil fliessen *Chrestien*'s Rittern die Thränen sehr leicht und sehr oft. Bei Erecs Abschiede:

Er. 4288—90:

> Lors les veïssiez toz plorer
> Et demener un duel si fort
> Con s'il le veïssent ja mort.

Bei dem hohen Ansehen, in dem das französische Rittertum stand, darf es nicht befremden, dass *Chrestien* selbst aus Byzanz edle Jünglinge an Artus Hof ziehen liess, womit er zugleich dem französichen Nationalgefühl schmeichelte. (Cl. 14—16, 64—73).

Selbst die Liebe einer Mutter ist hier nicht mächtig genug, um dem jugendlichen Verlangen, an Artus Hofe Thaten zu verrichten, Fesseln anzulegen. (Cl. 222—231).

Derselbe Alexander nimmt dann später, kurz vor seinem Tode, seinem Sohne Cligés das Versprechen ab, gleichfalls an Artus Hof zu ziehen, um sich dort proesce und vertu zu erwerben. (Cl. 2603—18).

Man geht wohl nicht fehl, wenn man annimmt, dass *Chrestien* hier überall seine Charaktere mit Zügen ausgestattet hat, aus denen Gesinnungen sich ergeben, welche die Ritterorden grossgezogen hatten und hegten.

b. Minne.

Auf's engste mit dem Rittertume verknüpft, ist die Minne die Krone alles höfischen Wesens. Den Rittern erscheint der Gegenstand ihrer Liebe fast wie ein höheres Wesen: sie wagen kaum, die entstehende Neigung sich selbst zu gestehen, geschweige denn sich vor ihrer Geliebten zu erklären, so beherzt und kühn sie auch sonst in ritterlichen Thaten sein mögen.

Alexander, die Weigerung seiner Geliebten fürchtend, zögert die ihm schon im voraus zugesagte Bitte auszusprechen. (Cl. 2221—28).

Noch mehr zeigt sich Cligés verlegen und ver-
schämt:

CI. 3835—38:

> Des iauz parolent par esgart;
> Mes des langues sont si coart,
> Que de l'amor qui les justise
> N'osent parler an nule guise.

Ferner Cl. 4296- 4300.

Der Dichter verurteilt dies Verhalten:

Cl. 3842/4;

> Mes cil qu'atant et por quoi tarde,
> Qui por li est par tot hardiz
> Et vers li sole acoardiz?

Dagegen in bezug auf Fenice hält er diese Be-
fangenheit für ganz natürlich:

Cl. 3840—41:

> . . . . car sinple chose
> Doit estre pucele et coarde.

Als idealste Vertreterin der Minne, ist sie der
Inbegriff von:

> Biauté, corteisie et savoir
> Et quanque dame puisse avoir,
> Qu'apartenir doie a bonté, ...

Wie zart die meisterhafte Schilderung der er-
wachenden Liebe *) und der daraus folgenden Un-
bestimmtheit des Gefühls, da Fenice nicht recht weiss,
wie sie sich dazu stellen soll. Dasselbe ist ihr völlig
fremd, und daher die Besorgnis, dass es ihr Schaden
bringen könne.

Cl. 3066—3094:

> Ce solemant que je i pans

---

*) Ganz anders urteilt Settegast in der angeführten Schrift
pag. 26: „Seelenzustände zu malen ist dem französ. Dichter nicht
gegeben; es fehlt ihm hierzu die liebevolle Versenkung und der
tiefe Blick in das menschliche Herz." Eine Lectüre des Cligés be-
weist das Gegenteil; aber auch im Yvain fehlt es nicht an psychologischen Betrachtungen.

Me fet grant mal et si m'esmaie.
Mes comant set, qui ne l'essaie,
3069: Que puet estre ne maus ne biens ? u s. f.

Auf das strengste lässt der Dichter seine Heldin
alle Formen der Schicklichkeit und höfischen
Zucht beobachten. Sie kennt nicht einmal den Namen
ihres Geliebten, und doch darf sie nicht danach
fragen : (Cl. 2900—4).

Soredamors bewahrt ebenfalls die ihr ge-
ziemende Zurückhaltung dem Geliebten gegenüber :
Cl 998—1001:

> . . . . . . Ce n'avint onques,
> Que fame tel forfet feïst,
> 1000: Que d'amer home requeïst,
> Se plus d'autre ne fu desvee.

Der Fenice nahe stehend, wenn auch nicht so
zartfühlend wie jene, ist Enide. Rührend ist die
Liebe und Treue, die sie ihrem Gatten entgegen-
bringt, trotz der schlechten Behandlung, die sie von
seiner Seite erfährt, und trotz der Versuchungen,
denen ihre Tugend ausgesetzt ist, aus denen sie aber
siegreich hervorgeht. Sie ist sogar entschlossen,
sich mit dem vermeintlich toten Gatten im Tode zu
vereinen. (Er. 4653—59).

Die Minne tritt bei *Chrestien* als ein heiliger
Orden in die Erscheinung. Wer den Kampf gegen
Amor aufnimmt, muss schliesslich unterliegen. Selbst
die sprödeste Jungfrau ist der Allgewalt der Liebe
gegenüber ohnmächtig :

Soredamors hat sich der Liebe lange Zeit ab-
hold gezeigt; da plötzlich wird sie vom Pfeil Amors
getroffen und muss nun gewissermassen als Strafe
für ihre Hartnäckigkeit lange Liebesqualen durch-
machen. *Chrestien* scheint ein Vergnügen darin zu

finden auszumalen, wie Amor doch jetzt triumphiert,
indem nunmehr ihr Herz in leidenschaftlicher Liebe
zu Alexander entflammt wird, so dass sie in rührende
Klagen ausbricht. (Cl. v. 445—530). Ihr Wille er-
weist sich den Herzensregungen gegenüber als zu
schwach. Obwohl sie sich wegen ihrer Liebe thöricht
schilt (Cl. 511/12), und obwohl sie zu wissen glaubt,
dass sie noch nicht einmal wiedergeliebt wird (Cl.
491): unterliegt dennoch ihr Verstand in diesem
Widerstreit. Sie muss schliesslich doch zugeben,
dass sie ihn liebt, so sehr sie sich auch anfangs dagegen gesträubt hat.

Cl. 929:

> Or l'aim, bien soit acreanté!

Einen ebenso vergeblichen Versuch macht auch
Alexander, der Liebe Herr zu werden. Wenn auch
hier wieder die Seelenqualen des Liebenden anschaulich geschildert werden, so wirkt es doch störend,
wenn Alexander den Vorgang der Verwundung durch
Amor gleichsam anatomisch zergliedert: Diese Hin-
neigung *Chrestien's* zu verstandesmässiger Zergliede-
rung der Gefühle wird uns noch besonders zu be-
schäftigen haben.

Cl. 692—701:

> . . . . qu'il m'a navré sie fort
> Que jusqu'au cuer m'a son dart tret,
> N'ancor ne l'a a lui retret.
> Comant le t'a donc tret el cors,
> Quant la plaie ne pert de hors?
> Ce me diras, savoir le vuel!
> Par ou le t'a il tret? Par l'uel.
> Par l'uel? Si ne le t'a crevé?
> An l'uel ne m'a il rien grevé,
> Mes el cuer me grieve formant,

II. Idee und Composition seiner Werke.

Chrestien ist kein oberflächlicher Dichter. Er
konnte sich also nicht lediglich damit begnügen
wollen, dem Hörer eine wunderbare, phantastische
Welt vor Augen zu führen und ihm ein blosses Bild
von dem bunten Leben und Treiben der Artus-Ritter
zu entwerfen. Dies ist nur die äussere Schale in
allerdings sehr gefälliger Form; der innere Kern
liegt aber tiefer. Von der Natur mit einer scharfen
Beobachtungsgabe ausgestattet, nimmt er Conflikte,
wie sie tief in das menschliche Liebesleben eingreifen,
auf und sucht mit einem solchen psychologischen
Problem seinen Stoff geistig zu durchdringen. Wie
weit ihm dies gelungen, mag die folgende Betrachtung zeigen.

Die Ansichten über den tieferen Gehalt von
Chrestien's Dichtungen sind noch sehr geteilt. Einem
mittelalterlichen Dichter — und sei es auch ein
Chrestien — scheint man „die Kunst bewusster
Aufstellung sittlicher Conflikte" noch nicht zuzutrauen.
Man vergisst eben, dass *Chrestien* sich weit über das
gewöhnliche Niveau seiner Zeit erhob.

Es sei mir gestattet, die verschiedenen und oft
ganz entgegengesetzten Meinungen in einer kurzen
Uebersicht zusammenzufassen:

I. Richtung, die man als eine n e g a t i v e in
dieser Frage bezeichnen könnte, und die teilweise
in G e r v i n u s ihren Vertreter hat (vgl. III).

1. R a u c h (die wälische, französische und deutsche
   Bearbeitung der Iweinsage 1869) schlägt das Verdienst *Chrestien's* bezüglich des Ideengehalts
   seiner Dichtungen nur sehr gering an (bei der
   sonstigen Vortrefflichkeit seiner Ausführungen).

„Beide" (*Chrestien* und Hartmann von Aue)
sagt er, „haben keinen moralischen Grundgedanken, in dessen Dienste und zu dessen Ver-
herrlichung sie in die Saiten greifen". *Chrestien*
überdies verfolge „keinen höheren Zweck als
das Erzählen von Abenteuern. Er erkläre ja
offen, dass die blosse Lust am Erzählen ihm
die Feder in die Hand gebe" (pag. 26—27).
Rauch berücksichtigt nicht, dass dieser Ausspruch nur für Lancelot Geltung hat. Mit
diesem Romane hat es jedoch seine besondere
Bewandtnis, wie wir bereits gesehen haben
(s. p. 50).

2. H. Goosens in der bereits angeführten Schrift
VI. Cap. p. 38 steht auf demselben Stand-
punkte: „Wir gestehen, dass wir weder eine
bedeutende Productions- noch Gestaltungskraft
im Chevalier au lyon erkennen und einen ab-
soluten dichterischen Wert desselben in Abrede stellen müssen." Goosens spricht überhaupt einem mittelalterlichen Dichter die Entwicklung eines tieferen moralischen Gedankens
ab: „Wo eine tiefere Einheit einem Gedichte
zu Grunde liegt, da ist sie nicht vom Dichter
geschaffen, sondern der gesunde Sinn des
Volkes hat verwandten Sagen im Laufe der
Jahrhunderte einen tieferen moralischen Gedanken eingehaucht (p. 43). Die Kunstdichter
haben wohl nur eine äusserliche Einheit, eine
gefällige Zusammenfügung und Verknüpfung
der Abenteuer bewusst angestrebt (p. 44)."

II. Diesen gegenüber steht eine andere Richtung von Kritikern, die nach dem Vorgange von

Lachmann wohl eine tiefere Jdee annehmen, dieselbe aber erst Hartmann zusprechen, nicht schon
Chrestien:

1. Franz Settegast: „Man sieht das Bestreben des Dichters (Hartmann), den gedanken-
   armen Stoff durch eine allgemeine Idee zu
   vergeistigen" (p. 5).

2. Gärtner (Der Iwein Hartmanns von Aue
   und der Chevalier au lyon des *Chrestien von
   Troies* 1875) sagt p. 50: „*Chrestien* will erzählen und seine Zuhörer ergötzen; sagt er
   es doch selbst. *Chrestien's* Gestalten sind so,
   wie er sie aus der bretonischen Sage über-
   kommen, blosse Schemen und sollen nichts
   anderes sein".

III. Der Lachmann'schen Ansicht steht streng
entgegen die von Gervinus, dass „der Deutsche
dem Franzosen alles verdanke".

IV. Denselben Standpunkt, wenigstens in bezug
auf das Abhängigkeitsverhältnis, nimmt auch Ludwig Blume ein in einer kleinen, aber inhalts-
reichen Schrift: „Ueber den Iwein des Hartmann
von Aue, Wien 1879." Bezüglich der zu Grunde
liegenden Idee jedoch — Gervinus will „von einer
epischen Anlage oder inneren Bedeutung im Iwein"
nichts wissen p. 371 — weicht Blume von ihm gänzlich ab. Auf Wackernagel fussend, der allein
das Richtige getroffen hat, wenn er von der „Kunst
bewusster Aufstellung und Versöhnung sittlicher
Gegensätze" spricht, hat Blume in sehr feiner Weise
„ein Problem der Ehe" im Iwein oder „eigentlich
und zunächst" im Chevalier au lyon des *Chrestien*
nachgewiesen.

Doch stimme ich in der Auffassung des Charakters der Laudine nicht mit ihm überein. Darüber an einer späteren Stelle.

Wenn wir nunmehr mit der Betrachtung des Karrenritters (Lancelot) beginnen, kommen wir zunächst zu keinem günstigen Resultate. Doch haben wir bereits gesehen, weswegen der Dichter Originalität in diesem Werke nicht erreichen konnte, das zwar der Form nach den Erec bei weitem übertrifft, dem Ideen-Gehalt nach aber ebenso sehr hinter dieser, wie überhaupt jeder Dichtung *Chrestien's* zurücksteht.

Eine sündhafte Liebe, die Genievra zur Ehebrecherin und ihren Anbeter zum willenlosen Werkzeuge macht, findet in diesem Gedichte ihre Beleuchtung.

G. Paris in seiner Untersuchung: Le Conte de la Charrette Rom. XII, 459 ff. Teil IV (L'esprit du poème de *Chrétien*) hat jene „höfische Liebe" rein für sich betrachtet und weist von diesem Gesichtspunkte aus auf den keineswegs geringen Wert des Karrenritters hin. „Hier trete zum ersten Male cet amour courtois in die Erscheinung, die eine Kunst, eine Wissenschaft, eine Tugend sei, die ihre Gesetze habe, ebenso wie die chevalerie oder die courtoisie: eine Liebe, die den Helden Lancelot stets wieder von neuem zu ritterlichen Thaten ansporne und ihn um der Angebeteten willen alles Missgeschick, selbst Schmach erleiden lasse. Die Inspiration von *Chrestien's* Dichtung sei daher zu suchen in jener conception d'un amour raffiné, savant, intimement lié à la courtoisie et à la prouesse, et donnant à la femme, en tant que maîtresse, une importance qu'elle n'avait pas eue jusque-là."

Daneben spielt aber Lancelot eine so klägliche
Rolle, dass er sich zu einem Spielball ihrer Launen
erniedrigt. Kulturgeschichtlich interessant, enthält
diese Dichtung jedoch von *Chrestien*'s Geist nur wenig
oder gar nichts, gemäss seinem eigenen Geständnis:
Lanc. 27–29:

> . . . . . . et il s'antremet
> De panser que guères n'i met
> Fors sa painne et s'antancion.

Poetische Conception zeigt sich erst in dem-
jenigen Werke, dem *Chrestien* ein grosses Problem:
Konflikt zwischen Rittertum und Liebe zu Grunde
gelegt und glücklich gelöst hat, nämlich in Er ec
und Enide. Der Schwerpunkt der ganzen Handlung ist hier das Motiv des Verliegens. Dies erfordert
einen Charakter, der, wie Erec, aus einem Extrem
in andere verfällt: Bei massloser Liebe Verlust
von ritterlicher Ehre — alsbald umgekehrt auf der
Jagd nach ritterlichen Abenteuern Missachtung des
Gegenstandes seiner bisherigen unbegrenzten Verehrung. Hatte das Rittertum anfangs der Liebe das
Feld geräumt, so jetzt die Liebe dem Rittertum. Das
Eine scheint nicht neben dem Andern bestehen zu
können.

Dass Enide ihren Gatten dem ritterlichen Leben
zurückgewinnen möchte, hat seine Eifersucht erregt. Eifersucht ist in der Folgezeit die Triebfeder
seines Handelns. Aus Misstrauen gegen seine Gattin
legt er ihr eine Reihe von Proben ihrer Liebe und
ihres Gehorsams auf. Er will sie sogar strafen dafür,
dass sie ihn — wenn auch wider ihren Willen —
eine Zeit lang dem Rittertum entfremdet, ja ent-
rissen hat: daher seine Härte gegen sie. Durch ihr
verhängnisvolles Wort hat sie Unheil angerichtet:

daher das Verbot zu sprechen, wofern sie nicht von
ihm angeredet werde:

Er. 2769—73:

> Et gardez, ne soiiez tant ose,
> Se vos veez nes uue chose,
> Que vos m'an dliez ce ne quoi.
> Gardez ja n'an parlez a moi,
> Se je ne vos aresne avant.

Diese Umwandlung ist also die natürliche Con-
sequenz aus dem unhaltbaren Zustande, in dem sich
das Rittertum der Liebe gegenüber befand: 2 Gegensätze, die Erec nicht zu versöhnen wusste. Das
Rittertum ist bei ihm „dasjenige Lebenselement, das
sein ganzes Leben erfüllte, ehe er liebte", und musste
daher, da es eine Zeit lang unterdrückt war, sich auf-
lehnen und mit allen Mitteln dahin streben, die
neu erlangte Herrschaft auch auf die Dauer zu be-
haupten. Eine Versöhnung der Gegensätze wird
herbeigeführt durch die hingebende, anspruchslose
und alles Ungemach über sich erduldende Liebe
Eniden's, deren Tugend und Keuschheit sich glänzend
bewährt. Kein Wort der Klagen über ihre Leiden
kommt aus ihrem Munde; sie klagt sich nur immer
selbst an wegen ihrer Thorheit. „Tel est ce joli
récit, assurément un des meilleurs morceaux qu'ait
composés *Chrétien*, un des meilleurs spécimens de
la poésie française du XIIe siècle." (*G. Paris* in Rom,
XX, p. 161.)

Leidet nun Enide ganz schuldlos? Keineswegs.
Durch anfängliches Verheimlichen ihres Kummers
über Erec's Unritterlichkeit, und als sie bei einem
verhängnisvollen Worte ertappt wird, durch den
Versuch, sich durch Lügen herauszureden, lädt sie

eine gewisse Schuld auf sich, die sie später auf den Irrfahrten allerdings allzu schwer büssen muss.

In diese Haupthandlung hat *Chrestien* noch eine Nebenhandlung eingeflochten, durch die er nachweisen will, dass innere Harmonie und Freudigkeit auch verloren gehen, wenn die Liebe auf das Rittertum Zwang ausüben will: Eine damoisele hat ihrem Geliebten Mabonagrains das eidliche Versprechen abgenommen, dass er niemals den vergier, in dem sich die Liebenden aufhielten, verlassen dürfe, bis ein Ritter ihn im Zweikampfe besiege.

Gervinus (Gesch. der deutschen Dichtung, Leipzig 1876 I p. 560/1) weist auf einen beabsichtigten Gegensatz dieses Abenteuers zu dem Hauptinhalt hin (mit Bezugnahme auf Hartmann's Iwein). Er stellt dem Egoismus der damoisele den Ehrgeiz Eniden's gegenüber, und zwar in folgender Weise:

„Jene weiss den Liebesgenuss so hoch zu schätzen, dass sie ihrem Manne lieber Abenteuer zu Hause bereitet und ihn grausam werden lässt, wenn nur in ihrer Nähe. Enide, weiblicher und zugleich auf den wahren Ruhm ihres Mannes sorgsam bedacht, will ihn und den Genuss der Liebe eher entbehren, als seinen guten Namen. Durch die Massregeln jener ging die Freude des Hoflebens verloren, durch Eniden's Ehrgeiz der Friede, in dem sie lebte. Beides soll, scheint es, nicht das Rechte sein, und jede erleidet ihre Strafe; aber alles liegt ohne Verhältnis da. *Chrestien* hat diesen Gegensatz in kürzerer, aber ebenso ungeklärter Fassung."

In den Charakteren der beiden Frauen ist allerdings die Variierung des Problems zu suchen; nur

habe ich über Enide teilweise eine andere Auffassung, die vielleicht die Unklarheit beseitigt:

Zunächst möchte ich Enide jeglichen Ehrgeiz
absprechen. Ehrgeiz scheut (wie auch der Egoismus)
kein Mittel, um zu seinem Ziele zu gelangen. Wie
aber sträubt sich Enide gegen jenes entscheidende
Wort, das ihren Gatten von Hofe fort in die Welt
auf Abenteuer treibt! Die Tragweite desselben erkennt sie wohl und befürchtet davon das Schlimmste.
Andererseits ist sie allerdings — auch mit vollem
Rechte — auf den Ruhm ihres Gatten bedacht; daher ihre Klagen über sein Verliegen. Aber auf den
Genuss der Liebe will sie durchaus nicht verzichten,
zu Gunsten seines guten Namens. Im Gegenteil beklagt sie sich später, dass sie durch ihre Thorheit
alles Liebesglück verscherzt habe.

Er. 2782—86:

> „Lasse“, fet ele, „a si grant joie
> M'avoit Deus mise et essauciee,
> Or m'a au po d'ore abeissiee.
> Fortune, qui m'avoit atreite,
> Tost a a li sa main retreite.“

Also nur gezwungen enthüllt sie die Ursache
ihrer Klagen und spricht jenes verhängnisvolle Wort
aus, aber erst, nachdem sie nach allerlei Ausflüchten
gesucht hat:

Er. 2524—43:

> Lors fu mout Enide esperdue,
> Grant peor ot et grant esmai.
> „Sire“, fet ele, „je ne sai
> Neant de quan que vos me dites.“
> „Dame, por quoi vos escondites?
> Li celers ne vos i vaut rien.
> 2530: Ploré avez, ce voi je bien;
> Por neant ne plorez vos mie, —
> Et an dormant ai je oïe

La parole que vos deïstes.“

„Ha! biaus sire, onques ne l'oïstes,
2535: Mes je cuit bien que ce fu songes.“
„Or me servez vos de mançonges;
Apertemant vos oi mantir.
Mes tart vendroiz au repantir,
Se voir ne me reconoissiez.“
2540: „Sire, quant vos si m'angoissiez,
La verité vos an dirai,
Ja plus ne le vos celerai;
Mes je criem bien ne vos enuit.“

Was Enide wünscht, ist eine Vereinigung von
Liebe und Rittertum. Sie möchte ihren Gatten stets
in ihrer Nähe haben, daneben ihn aber auch dem
Rittertum obliegen lassen. So ist unschwer in der
Geliebten des Mabonagrains eine zweite Enide zu
erkennen, und brauchen wir nur an Stelle der Enide
jene damoisele Erec gegenüberzustellen, so wiederholt sich derselbe Konflikt zwischen Liebe und
Rittertum, nur dass umgekehrt das Rittertum leidet:
Erec hält die Liebe in Zwang und Unterdrückung;
die damoisele übt auf das Rittertum einen Zwang
aus, indem sie ihren Geliebten für immer an sich
zu fesseln sucht. Jener tyrannisiert seine Gattin;
diese beraubt ihren Geliebten seiner Freiheit. Dort
wie hier liegen die unsittlichen Motive der Eifersucht und des Egoismus zu Grunde. Aber in bezug
auf die Lösung des Konfliktes zeigt sich doch ein
weit gehender Unterschied. Im Verhältnis zwischen
Erec und Enide geschieht die Vereinigung der beiden
feindlichen Elemente von innen heraus auf natürliche Weise, in jener Episode dagegen rein äusserlich durch Brechen des Zaubers. Doch kommt die
Art der Lösung nicht weiter in betracht, da es ja
nur in der Absicht des Dichters liegen konnte, sein

Problem noch nach einer neuen Seite (der Kehrseite)
zu beleuchten.

Ein Thema anderer Art hat *Chrestien* im Löwenritter behandelt. Yvain's echtes Rittertum tritt hier
in Widerstreit mit der egoistischen Liebe Laudinens. Dieser Egoismus ist ganz besonders zu betonen. Denn wäre eine Enide Yvain's Gattin gewesen, so hätte kein Conflikt entstehen können.
Dies wird im Folgenden noch deutlicher werden:

Bildete im Erec das Motiv des Verliegens den
Grundgedanken, so tritt hier der bekannte „Compromiss in den Mittelpunkt der Handlung, zu dem
sich Laudine Yvain gegenüber bereit finden lässt" *):
ein Compromiss, zu´ dem sie sich aber (aus Selbst-
sucht vgl. v. 1736/7) nur schwer versteht, dessen
leiseste Verletzung daher den Conflikt in aller Kraft
hervorbrechen lässt. Das leidenschaftlich liebende
Weib (wie Blume Laudine auffasst, p. 23—26) im
Sinne Enidens ist sie aber keineswegs. Ein wahrhaft liebendes Weib schliesst mit ihrem Geliebten
keinen Compromiss ab; kein Opfer wäre ihrer Liebe zu
gross. Laudine ist also ein rein egoistischer Charakter.
Dass Yvain den Zeitpunkt versäumt, ist ihr gleich-
bedeutend mit Treubruch. Deshalb entzieht sie ihm
ihre Liebe: nicht minder aus Eifersucht, als aus ver-
letztem Stolze. Die nun folgende Sühne Yvain's hat
dieselbe Bedeutung, wie die harten Proben Eniden's,
denen diese sich unterwerfen musste, um die Lauter-
keit ihrer Liebe zu Erec zu erweisen. Nicht so ver-
hält es sich aber mit der Lösung des Problems.
Man hat dem Dichter daraus einen Vorwurf gemacht,

---

*) Vgl. L. Blume, p. 24.

(s. Blume, p. 29—30) dass er nur eine äusserliche, erzwungene Versöhnung herbeigeführt hat: Laudine nämlich lässt ihrem Gatten nur deswegen Verzeihung angedeihen, weil sie sich von ihrer Zofe überlistet sieht und eine Weigerung einen Meineid enthalten würde. Diese nicht befriedigende Lösung ist aber aus dem Charakter der Laudine heraus recht wohl zu verstehen: Eine stolze, berechnende, versteckte Natur, hat sie sich zu einer Wiedervermählung entschlossen, nicht aus Wankelmut*), sondern weil die Notwendigkeit einer Verteidigung der Quelle vorlag:

Yv. 1736—40:

> Qu'ele estoit an grant cusançon
> De sa fontainne garantir,
> Si se comance a repantir
> De celi qu'ele avoit blasmee
> Et leidie et mesaesmee;

---

*) Hierin kann ich keinen besonders hervortretenden Charakterzug für Laudine erkennen, im Gegensatz zu *W. Förster* (kl. Yvain-Ausgabe 1891, p. X und zu Rauch, s. obige Schrift p. 31) Yvain's Ausspruch: Yv. 1436: que fame a plus de mil corages hat doch ganz allgemeine Geltung und bezieht sich auf alle Frauen. Wenn Yvain auf diesen Erfahrungssatz seine Hoffnung gründet, Laudinens Liebe zu gewinnen, so ist dem keine Bedeutung beizumessen, weil sie ihm noch unbekannt ist. In der Folgezeit scheint doch Laudinens Hartnäckigkeit und Unversöhnlichkeit gegenüber der Treue Yvain's ihren vermeintlichen Wankelmut sehr in Frage zu stellen.

Förster's Meinung ist auch L. B l u m e in obiger Schrift pag. 19—20. Er findet zu der Handlungsweise der Laudine eine Parallele in der Geschichte von der treulosen Witwe. Er sagt weiter p. 20: „Doch die Stelle ist für die Grundidee des Gedichtes ganz irrelevant". Ich meine im Gegenteil: Sie ist von Wichtigkeit für die Auffassung des Charakters der Laudine und damit für den ganzen Verlauf des Conflikts.

Besonders charakteristisch für ihr ganzes Wesen
ist folgende geradezu verletzende Frage, die sie als
Antwort auf Yvain's feurige Liebesergüsse an ihn richtet:

Yv. 2033/4:

> Et oseriiez vos anprandre
> Por moi ma fontainne a defandre?

Mit der trivialen Bemerkung:

Yv. 2036:

> Sachiez donc bien qu'acordé somes"

ist dann die Angelegenheit erledigt, als ob es sich
um die Abwicklung irgend eines Geschäftes handelte.
Wäre nun wohl ein solcher Charakter eines Ver-
ständnisses fähig für den Schmerz Yvain's, für die Ver-
zweiflung, die ihn in den Wahnsinn trieb, für die
Aufrichtigkeit seiner Liebe, für die Treue, die er
seiner Gattin bewahrte? Sie blieb das kalte, gefühl-
lose, unversöhnliche Weib gegen den, der sie in
ihrem Stolze gekränkt hatte. Eine Lösung, wie im
Erec, war daher hier nicht am Platze, ja hätte geradezu ihrem Charakter widersprochen.

So blieb dem Dichter nur übrig, eine Versöhnung zu erzwingen durch ein äusseres Mittel. Da Laudine's verletzter Stolz einer Versöhnung hemmend im
Wege stand, so galt es, denselben zu brechen, was
denn auch durch die List der Zofe geschehen ist.

Ein kühneres Problem hat *Chrestien* seinem Cligés-Roman zu Grunde gelegt: die Liebe im Kampfe
mit einer von aussen hereinbrechenden Gewalt. Doch
hat er dasselbe künstlerisch und mit sittlichem
Zartgefühl durchgeführt. Der Dichter erörtert die
Frage: Handelt eine Jungfrau, die zu einer ihr
widerwärtigen Ehe gezwungen wird, noch sittlich,
wenn sie ihren Gatten zu Gunsten ihres Geliebten
hintergeht? Nur in dem Falle, dass sie ihre Keusch-

heit beiden gegenüber hütet. In diesem Punkte ist
auch der Gegensatz zu Tristan und Jsolde enthalten:
einem Stoffe, der mit dem unsrigen manches Ueber-
einstimmende gemeinsam hat. Jsolde befindet sich
in einer ähnlichen Lage, wie unsere Heldin.
Auch sie heiratet den Oheim dessen, dem ihr Herz
gehört. Aber sie trägt kein Bedenken, ihren Leib
ebensowohl ihrem Gatten, wie auch ihrem Geliebten
darzubieten. Fenice dagegen will eine solche Schmach
nicht auf sich laden:

Cl. 3147—57: L'amors d'Jseut et de Tristan,
Don tantes folies dit l'an,
Que honte m'est a raconter
3150: Je ne me porroie acorder
A la vie qu'Iseuz mena.
Amors an li trop vilena,
Car ses cors fu a deus rantiers
Et ses cuers fu a l'un antiers.
3155: Einsi tote sa vie usa,
Qu'onques les deus ne refusa.
Ceste amors ne fu pas resnable.

Aehnlich Cl. 5259—62. Bis sie ihrem Geliebten
in Ehren angehören kann, sucht sie ihre Keuschheit
durchaus zu bewahren:

Cl. 5238—49:
Onques ancor ne me conut
Si com Adamz conut sa fame.
5240: A tort sui apelee dame;
Mes bien sai, qui dame m'apele,
Ne set que je soie pucele.
Nes vostre oncles ne le set mie,
Qui bea a de l'andormie,
Et veillier cuide, quant il dort,
Si li sanble que son deport
Et de moi tot a sa devise
Aussi com autre ses braz gise;
Mes je l'an ai mis au dehors.

und Cl. 5310—13:
Ja avuec vos einsi n'irai,
Que lors seroit par tot le monde

Aussi come d'Yseut la blonde
Et de Tristan de nos parlé, ...

Dieses Motiv der Jungfräulichkeit ist nicht
allein für die Charakteristik der Fenice von Wichtigkeit, sondern auch vor allem für die Lösung des
Problems und den künstlerischen Wert des Romans.
Allerdings betrügt sie ihren Gatten; aber es giebt
für sie keinen andern Ausweg, wenn sie ihre Keusch-
heit bewahren will. In diesem Entschluss ebensosehr wie in dem so oft wiederholten Hinweis auf die
Schmach der Isolde zeigt sie sich als durchaus sittlich
und verdient unsere Sympathieen im vollen Masse.
Für die Entwickelung und schliessliche Lösung seines
Problems erreicht der Dichter hierdurch zweierlei:
Einmal wird das Anstössige und Verletzende der
ganzen Situation gemildert (vgl. *Förster*: grosse
Cligés-Ausgabe, Einl. XVII); alsdann wird es dem
Dichter ermöglicht, sie unbefleckt ihrem Geliebten in
die Arme zu legen. Das Isolde-Motiv ist geläutert.
Während nun auf der einen Seite alles geschieht,
beide Gestalten zu idealisieren: Fenice als die edelste
Vertreterin ihres Geschlechts und Cligés als leuchtendes Vorbild der ganzen Ritterschaft, zeigt sich andererseits *Chrestien* bezüglich der Charakteristik des be-
trogenen Gatten nur sehr ungleichmässig bestrebt,
ihn verächtlich erscheinen zu lassen. Gleich zu Anfang allerdings, noch bevor wir Cligés und Fenice
kennen lernen, erfahren wir, dass Alis durch die
beabsichtigte Heirat einen Meineid seinem Bruder
Alexander gegenüber zu begehen im Begriff ist. Im
Laufe der Erzählung aber empfängt der Leser in
manchen Situationen von Alis so freundliche Ein-
drücke, dass das sich gestaltende Bild von ihm ein
recht schwankendes werden muss:

Als Cligés sich Urlaub erbittet, um an Artus'
Hof zu ziehen, sucht ihn sein Oheim zurückzuhalten,
indem er ihm das Anerbieten macht, mit ihm die
Herrschaft zu teilen:

Cl. 4230—36:

> „Biaus niés," fet il, „pas ne m'agree
> Ce que partir volez de moi.
> Ja cest congié ne cest otroi
> Ne vos donrai, qu'il ne me griet.   .
> Car mout me plest et mout me siet,
> Que vos soiiez conpainz et sire
> Avuec moi de tot mon anpire."

Man vergleiche ferner die Schilderung von Alis
Freigebigkeit:

Cl. 4271—77:

> D'or et d'arjant plus d'un sestier
> Vuel que vos an façoiz porter,
> Et chevaus por vos deporter
> Vos donrai tot a vostre eslite"

und Cl. 5143—47·

> Et ses oncles li abandone
> Tot quan qu'il a, fors la corone.
> Bien viaut qu'il praingne a son pleisir,
> Quan qu'il voudra de lui seisir,
> On soit de terre ou de tresor. . . .

Die fast väterliche Besorgnis um das Leben
des Cligés widerspricht ebenfalls dem Charakter eines
Mannes, der sich kein Gewissen daraus macht,
seinen Eid zu brechen und durch seine Vermählung
seinem Neffen die Kaiserkrone zu rauben.

Cl. 3986—95·

> Mes mout me grieve a otroiier,
> Qu'a la bataille vos anvoi,
> Por ce que trop anfant vos voi.
> Et tant vos ressai de fier cuer,
> 3990: Que je n'os desdire a nul fuer
> Rien qui vos pleise a demander;
> Que solemant por comander

Seroit il fet, ce sachiez bien ;
Mes se proilere i valoit rien,
Ja cest fes n'anchargeriiez."

Wenn diese schwankende Charakteristik die
Idee des Ganzen im Wesentlichen nicht beeinträchtigt, so ist dies dem Umstande zu danken, dass das
Verbrechen des Alis doch viel zu schwer ins Ge-
wicht fällt, als dass er sich auf die Dauer Sym-
pathie erwerben könnte. Ueberdies hat *Chrestien* das
Liebespaar, wie schon betont, mit so glänzenden
Eigenschaften ausgestattet und zumal von Fenice ein
so liebliches Bild entworfen, dass der Eindruck des
Ganzen durch jene Unebenheit nur vorübergehend
und wenig gestört wird.

Die letzten Werke *Chrestien's* : Perceval und
Guillaume d'Angleterre haben, so verschieden
sie auch sonst sein mögen, ihrem Ideengehalt nach
insofern etwas Gemeinsames, als nicht mehr die
Liebe in ihren mannigfachen Beziehungen zum
menschlichen Leben den Schwerpunkt bildet,
sondern das religiöse Element den Anlass zum
Conflikte giebt, aber doch in jeder der beiden
Dichtungen in grundverschiedener Weise. Im Wilhelm von England trägt christliche Frömmigkeit
und Demut einen Sieg davon über äussere Macht
und Herrlichkeit. Während sich nun dieser, schwei-
gend und ohne zu murren, dem Gebote Gottes unter-
wirft, lehnt sich jener aufgegen Gott und wendet sich
von ihm ab. Während Guillaume d'Angleterre rein
legendarischen Charakter hat, ist über Perceval und
hier vor allem über das von *Chrestien* herrührende
Fragment noch der ganze Zauber ritterlich-roman-
tischen Wesens ausgegossen.

Wenn es *Chrestien* vergönnt gewesen wäre, diese Dichtung zu Ende zu führen, so hätte er das ihm jedenfalls nur u n b e w u s s t vorschwebende Problem eines Confliktes zwischen dem weltlichen Treiben Percevals und seiner hohen Bestimmung, also zwischen weltlichem und geistigem Rittertum mehr entwickeln und vertiefen können. So wie das Gedicht vorliegt, ist das Motiv durch die Verschmelzung der Graal- sage mit der Artussage n u r a n g e d e u t e t. —

Wie sehr *Chrestien* bestrebt ist, seinen Dicht- ungen einen tieferen Gehalt zu verleihen, können wir vielfach bis in die Einzelheiten verfolgen. Es finden sich Episoden, die nur symbolisch zu deuten sind. So vor allem die Löwenritter-Episode. Der gerettete Löwe ist das Gegenbild zu Yvain bezgl. der Treue, die dieser seiner Gemahlin gegenüber ge- brochen hat. Der Selbstmordversuch ist ähnlich auf- zufassen. Yvain wollte sich aus Reue das Leben nehmen, der Löwe, da er seinen Herrn tot glaubt, nunmehr aus Treue: Yv. 3512—26.

Weiterhin hat der Wunderring, den Yvain von seiner Gattin erhält, eine symbolische Bedeutung. So lange er ihr treu bleibt, behält der Ring seine magische Kraft: d. h. Yvain bleibt vor jeglichem Ungemach bewahrt, und das Verhältnis zwischen ihnen ist ein ungetrübtes v. 2600—10. Auch der Zweikampf zwischen Yvain und Gauvain ist symbo- lisch zu verstehen. Letzterer hat ersteren zum Wortbruch veranlasst. Dies verlangt Sühne. End- lich wäre noch aus Erec eine solche sinnvolle, symbolische Stelle heranzuziehen. Enide soll nicht sprechen, weil sie durch ihr verhängnisvolles Wort Unheil angerichtet hat,

Gegenüber der im allgemeinen einheitlichen
Idee in *Crestien's* Dichtungen, lässt die Composition
seiner Werke oft viel zu wünschen übrig und ist
zum Teil recht mangelhaft*). Allein was wir als
Compositionsfehler empfinden (Zweiteilung des Cligés-
Romans und Verbindung des griechischen Stoffes mit
der Artussage, die nur zur äusseren Folie dient), hat
der damaligen Hörerwelt gewiss oft den Stoff nur
interessanter und anziehender gemacht.

Hin und wieder zeigt sich *Chrestien* sogar be-
müht, derartige Fehler zu vermeiden. Kunst der
Composition zeigt sich bei der Behandlung von Calogrenant's Abenteuer im Walde Broceliande. Da
der Dichter dasselbe später noch einmal zu erzählen
hat, lässt er Calogrenant's Kampf mit dem Herrn
der Quelle nicht etwa vor unsern Augen stattfinden,
sondern verlegt denselben in die Vergangenheit: er
lässt Calogrenant den Hergang selber erzählen. Als
dann Yvain in den Kampf auszieht, vermeidet *Chrestien*
sorgfältig die Wiederholung alles dessen, was wir
von den näheren Umständen bereits gehört haben.
Höchstens fügt er noch Reflexionen hinzu, die ja
auch ganz am Platze sind, da Yvain unwillkürlich
seine jetzigen Erlebnisse mit der Erzählung Calo-
grenants vergleicht.

Yv. 779—90:

        Car plus de bien et plus d'enor
780: Trova assez el vavassor
        Qu'an ne li ot conté ne dit,
        Et an la pucele revit
        De san et de biauté çont tanz
        Que n'ot conté Calogrenanz;

---

*) L. Blume erklärt die Komposition des Yvain für streng
einheitlich. (pag. 27).

786: Qu'an ne puet pas dire la some
      De buene dame et de prodome.
      Des qu'il s'atorne a grant bonté,
      Ja n'iert tot dit ne tot conté,
      Que langue ne porroit retreire
790: Tant d'enor con prodon fet feire.

Die Einzelheiten werden nur angedeudet, um
den Hörer nicht zu ermüden:

Yv. 803—10:
      Versa sor le perron de plain
      De l'iaue le bacin tot plain.
805: Et maintenant vanta et plut
      Et fist tel tans con feire dut,
      Et quant Deus redona le bel,
      Sor le pin vindrent li oisel
      Et firent joie merveilleuse
810: Sor la fontainne perilleuse.

Bei der Schilderung des Zweikampfes hingegen
(mit dem Herrn der Quelle) kann der Dichter wieder
ausführlicher verweilen, da derselbe einen ganz andern
Verlauf nimmt: Yv. 812—875.

Wie leicht konnte *Chrestien* in einen Fehler ver-
fallen, wenn er die Zeit von Yvain's Urlaub mit
allerlei Abenteuern ausgefüllt und dadurch sein
Thema zunächst aus den Augen verloren hätte! Mit
richtigem Gefühl beschränkt er sich auf wenige Verse,
in denen er von Yvain's und Gauvain's Turnieren
erzählt:

Yv. 2670—78:
      Car au tornoi s'an vont andui
      Par toz les leus ou l'an tornoie.
      Et li anz passe tote voie,
      Sel fist si bien mes sire Yvains
      Tot l'an, que mes sire Gauvains
      Le penoit de lui enorer
      Et si le fist tant demorer
      Que trestoz li anz fu passez
      Et de l'autre an aprés assez, ...

Wie fest hat *Chrestien* in dem Gewirr von Abenteuern, die Yvain besteht, den Faden in der Hand
behalten! Durch die Begegnung Yvain's mit Lunette,
durch das Versprechen, im Zweikampfe für ihre Unschuld einzustehen, wird eine Begegnung auch mit
Laudine angebahnt. Durch den Hinweis aber auf
Laudinens Hass und Unversöhnlichkeit wird jede
Hoffnung auf eine Lösung des Konflikts gleich von
vorn herein vereitelt. Mit der Befreiung der Lunette
weiss nun *Chrestien* geschickt ein neues Abenteuer
zu verbinden: Bekämpfung des Riesen Harpins de
la Montaigne. Er lässt beide Kämpfe an demselben
Tage stattfinden, und zwar so, dass Yvain bezüglich
der Ausführungszeit in Konflikt gerät. Für die dem
Entscheidungstage vorausgehende Nacht fand Yvain
gastfreundschaftliche Aufnahme in einer Burg, die
von jenem Riesen auf das heftigste bedrängt wurde.
Das Leben der 4 Söhne und die Ehre des Schloss-
fräuleins standen hier auf dem Spiele, wenn sich
nicht ein Ritter fand, der den Kampf aufnehmen
würde. Am Hofe des Königs Artus war keine Hülfe.
Yvain bleibt der letzte Rettungsanker. Er aber befindet sich in einer verzweifelten Lage: auf der einen
Seite die Nichte seines besten Freundes Gauvain,
die dem schrecklichsten Geschick entgegengehen
wird; auf der anderen Seite Lunette, die ihr Leben
verwirkt hat, wenn nicht bis 12 Uhr mittags ein
Ritter für ihre Sache eintritt. Dieser war Yvain
nicht nur durch sein Wort, sondern auch noch durch
Dankbarkeit verpflichtet. Die Verwicklung wird noch
dadurch gesteigert, dass er nach Ablauf der prime
abreisen muss. Da im letzten Augenblick erscheint
der Riese, den zu töten Yvain gerade noch Zeit
übrig behält.

Aber nicht immer ist *Chrestien* glücklich
in der Verwendung solcher Kunstgriffe. Oft muss
der Hof des Königs Artus die Vermittlung bilden:
Die jüngere der beiden Töchter des Herrn vom
Schwarzen Dorne, die in ihrem Erbstreit an
Artus Hofe keinen Ritter findet, hört daselbst zu-
fällig von Yvain, gerade da die von letzterem ent-
sandten Neffen Gauvains ihrem Oheime die Grüsse
des Löwenritters überbringen und zugleich von
seinen Heldenthaten erzählen.

Rauch (Ueber die wälische, franz. und deutsche
Bearbeitung der Yvain-Sage, Berlin 1869) ist der
Meinung (p. 15): „der Erbstreit der Töchter störe
die poetische Rundung; statt einer einheitlichen
Handlung erhielten wir deren 2." Desgl. Goosens, pag.
44. Dem ist doch wohl entgegenzuhalten, dass jene
Episode dem Dichter nur eine willkommene Gelegenheit war, mit Hülfe deren das Vergehen Gauvain's,
(die Veranlassung von Yvain's Untreue gewesen zu
sein), nun auch seine endliche Sühne erfuhr. So
scheint doch der Zusammenhang gewahrt zu bleiben.
Ganz unvermittelt allerdings steht die Sage vom
Chastel de Pesme Avanture. Denn hier fehlt jedes
verbindende Glied mit dem Ganzen, wodurch die
Entwicklung der Handlung sehr getsört wird*).

In bezug auf die Composition ist das schwäch-
ste Werk: Erec und Enide. Die Abenteuer sind hier
nur lose und unzulänglich mit einander verbunden
und stehen zum Teil' ausser allem Zusammenhang
mit der Lösung des Konflikts, wie die Episode im
Zaubergarten, deren Bedeutung nur in der Variier-

---

*) Vgl. Rauch, pag. 16.

ung des beliebten Themas besteht. Der Dichter hat selbst wohl die Zusammenhangslosigkeit dieser Episode mit dem Ganzen empfunden und deswegen derselben am Schluss ihre Stelle angewiesen, wo der Konflikt zwischen Erec und Enide bereits gelöst war.

Ist die Komposition im Grossen oft sehr anfechtbar, so finden sich auch im Einzelnen Mängel und selbst offenbare Widersprüche. Ad. Tobler hat bereits auf einige derselben hingewiesen: Dtsch. Littztg. 1884, No. 30, p. 1094): „Es ist nicht immer das Nötige gethan, damit dem Leser das Geschehende recht begreiflich werde. Er wird mit Grund fragen, wie dem treuen Leibeigenen Johannes im Cligés der Gedanke gekommen sein möge, einen Turm mit geheimen Gemächern, Badestuben und dgl. einzurichten und im Stande zu halten, da er doch im voraus nicht hat wissen können, welche Dienste derselbe einstmals dem Cligés leisten werde, oder (wie auch *Förster* fragt) warum derselbe erst nach 5 Vierteljahren das zugehörige Gärtchen öffnet." Hierzu möchte ich aus demselben Gedichte noch einen auffallenden Widerspruch hinzufügen. In den V. 6224 bis 27 wird Fenice's Zustand, in den sie das Tränklein versetzt hat, als Scheintod charakterisiert, und es wird ausdrücklich hervorgehoben, dass sie auf eine bestimmte Zeit hin stumm und regungslos sei:

Cl. 6224—27:

De la poison que ele avoit
Dedanz le cors, qui la feit mue,
Si que ele ne se remue,
Por ce cuide qu'ele soit morte, . . .

An einer andern Stelle aber sagt der Dichter: „Sie schweigt und verbietet den Aerzten (die sie durch listige Vorspiegelungen zum Sprechen zu bewegen suchen) nicht, ihr Fleisch übel zuzurichten", als ob sie überhaupt im Stande wäre, ihnen Rede und Antwort zu stehen.

Cl. 6014—15:
> Cele se test ne ne lor viee
> Sa char a batre ne maumetre,

Ferner finden sich im Yvain noch einige Unklarheiten: Wenn nicht motiviert ist, weswegen Gauvain unerkannt bleiben will, als er sich bereit erklärt, die Sache der älteren Schwester in ihrem Erbstreit zu verfechten (Yv. 4734/5), so kann man sich dies aus dem „durch herkömmliche Begriffe von Heldenehre gebotenen Verschweigen des Namens" wohl erklären. Aber seltsam und befremdend wirkt es, wenn Yvain bei der ersten Begegnung mit seiner Gemahlin nach der Katastrophe von derselben nicht erkannt wird, noch dazu trotz der langen Unterhaltung. Dagegen betont *Chrestien* bei Gelegenheit des Zweikampfes zwischen Yvain und Gauvain ausdrücklich, dass sie einander nicht anredeten. Denn wenn sie es gethan hätten, wären sie sich anders entgegengekommen, als mit Lanze und Schwert. Hiermit ist wenigstens — im Gegensatz zu oben — ein schwacher, wenn auch misslungener Versuch gemacht worden zu motivieren. (Yv. 6110—16).

Bei einer ähnlichen Verwicklung versäumt es *Chrestien* gleichfalls nicht, den Grund für das Unerkanntbleiben der beiden Freunde Erec und Guivret anzugeben, die noch kurz zuvor ihren Freundschaftsbund so feierlichst beschworen haben.

Er. 4998—5000:
> Ne se sont mie coneü;
> Qu'an l'onbre d'une nue brune
> S'estoit esconsee la lune

und Er. 5008/9:

> De rien nule ne l'areisone,
> Ne Erec ne li sona mot; . . .

Ferner: Erec wird von Keu nicht erkannt,
weil die Rüstung des ersteren so zerschlagen ist,
dass überhaupt kein Kennzeichen mehr übrig blieb.
Ein Erkennen musste *Chrestien* vermeiden, weil sonst
alle jene Kämpfe nicht möglich gewesen wären, die
zwischen Freunden herbeizuführen ihm als Mittel
zu spannen dienten. Aber genügend motiviert ist
das Unerkanntbleiben nirgends, höchstens in bezug
auf Enide (durch den Schleier):

Er. 3977—82:

> Et la dame par grant veisdie,
> Por ce qu'ele ne voloit mie
> Qu'il la coneüst ne veïst,   ;
> Aussi con s'ele le feïst
> Por le hasle et por la poudriere,
> Mist sa guinple devant sa chiere.

Zu Beginn des Erec ist völlig unmotiviert ge-
lassen, weswegen der Kuss aufgeschoben wird.

Er. 338/9:

> „Metez cest beisier an respit
> Iusqu'a tierz jor qu'Erec revaingne".

Endlich muss dem Leser nach *Chrestien's* Darstellung das Verhältnis des Herrn des Schlosses de
Pesme Avanture zu den 2 Riesen ganz und gar unverständlich bleiben, wenn man nicht gerade annehmen will, dass ein gewisser Zauber, der in dem
Schlosse sein Wesen treibt, jenes Dunkel über das
gegenseitige Verhältnis verbreitet ι

Nach V. 5471 (Yv): Deus miens serjanz et
granz et forz sind die Riesen die Diener des Schlossherrn.
Dagegen ist dieser verpflichtet, das Riesenpaar so
lange bei sich zu behalten, bis es jemandem gelingt,
dasselbe zu besiegen (Yv. 5467—78).

In Yv. 5467—69:

> Qu'an cest chastel a establie
> Une mout fiere deablie
> Que il me covient maintenir

könnte man allerdings das Walten eines nicht weiter
zu erklärenden Zaubers erblicken, obwohl es ja auffallend ist, dass die Stärkeren dem Schwächeren
dienen sollen. Aber merkwürdigerweise erwähnt die
Jungfrau in ihrer Erzählung über ihr und ihrer Ge-
fährtinnen Schicksal nicht das Geringste von dem
Schlossherrn, was doch hätte geschehen müssen,
wenn das Verhältnis der Riesen zu ihm ein dienen-
des wäre. Die v. 5318—19 kann Yvain nur auf das
Riesenpaar beziehen, weil er von einem andern
Herrn noch nicht gehört hat:

5318—19:

> „S'est riches de nostre deserte
> Cil por cui nos nos travaillons".

Aus dem Berichte der Jungfrau (5250—5337)
entnimmt man nur, das der König der Jungfrauen-
insel als Tribut für seine Freilassung alljährlich 30
seiner puceles den beiden Riesen zu senden sich verpflichtet habe, und dass sie fortan als Seidenarbei-
terinnen ein hartes Los unter den grausamsten Ent-
behrungen und Anstrengungen durchkämpfen müssen. In v. 5370 ist man ganz erstaunt, plötzlich
von einem Schlossherrn zu hören.

Yv. 5370:

> Et li sires estoit ses pere

und Yv. 5465:

> Fet li sire de la meison.

Es ist also völlig unklar, wer der Herr des
Schlosses ist. Nach *Chrestien's* ausdrücklicher An-
gabe (5471) sind die Riesen die Diener, aber nach
dem ganzen Verlauf der Erzählung sind sie die Ge-

bieter des Schlosses, während der als Schlossherr
Bezeichnete machtlos ihnen gegenüber ist und sehn-
lichst wünscht, solche unheimliche Gesellen getötet
oder besiegt zu sehen:

Yv. 5488—91:

> Mon chastel et ma fille a per
> Doit avoir et tote ma terre
> Cil qui porra an chanp conquerre
> Çaus qui vos vandront asaillir.

B. Stilistische Eigentümlichkeiten Chrestien's.

Um zu erkennen, welche stilistischen Erschein-
ungen speziell *Chrestien* angehören, und in wieweit
die ihm eigene Behandlung des Stoffes sich von der
Anderer unterscheidet, wird es genügen, ihn mit denjenigen Dichtern zu vergleichen, die ihm unmittelbar vorausgegangen sind. Die meisten der Tropen
und Figuren können unerwähnt bleiben oder brauchen
wenigstens nicht weiter berücksichtigt zu werden,
weil dieselben bei seinen Vorgängern mehr oder
weniger auch zu finden sind. Es wird sich also nur
um das handeln, was *Chrestien* vor ihnen voraus hat.
Von den hier in betracht kommenden Dichtern, die
sehr verschiedenartige Stoffe für höfische Kreise be-
arbeiteten, stehen *Chrestien* am nächsten: B é r o l (um
1150) und T h o m a s d e B r e t a g n e (um 1170), deren
T r i s t a n im Recueil de ce qui reste des poëmes rela-
tifs à ses aventures (publ. par Francisque Michel,
Londres 1835—39) abgedruckt ist. Dann wären noch
h eranzuziehen:

1) O e u v r e s d e G a u t i e r d'A r r a s. Bibl.
frçse du moyen âge. E r a c l e und I l l e e t G a l e r o n,
P a r i s 1890.

2) W a c e. Roman de Brut (publ. par le Roux
de Lincy. Rouen 1836—38, 2 vol).

Ein Kenner menschlichen Wesens, der auch auf
psychologische Beobachtung sein Augenmerk richtet,
ist *Chrestien* bestrebt gewesen, wie wir im vorigen Ab-
schnitt gesehen haben, auch nach dieser Seite hin
seinen Dichtungen tieferen Gehalt zu verleihen und
somit schon mehr und mehr den Schwerpunkt des
Handelns von aussen nach innen zu verlegen. Also
nicht etwa blosse Typen des Guten oder Schlechten,
sondern individuelle Menschen stellt er dar, die nicht
nur Kraftleistungen ausführen, sondern auch denken
und fühlen, die in Konflikt geraten mit sittlichen
Mächten in und ausser ihnen *). Daher darf es nicht
befremden, wenn in seiner Diktion die bloss er-
zählende Sprache oft hinter die reflektierende zurück-
tritt.

1. Reflexionen.

Gern unterbricht unser Dichter den Gang der
Erzählung durch Betrachtungen von meist psycho-
logischer oder ethischer Art und verweilt länger bei
wichtigen Momenten der Entwicklung der Handlung.
Sei es nun, dass er selbst mit reflektierenden Bemerkungen eingreift, sei es dass er seinen Helden
Reflexionen**) in den Mund legt: wir sehen ihn
stets die eigene Individualität hervorkehren. *Chrestien*
ist ein durchaus subjektiver Dichter.

---

*) Anfänge dazu begegnen uns schon bei Bérol und
Thomas de Bretagne; aber ihre Helden entbehren der , sittlichen
Vertiefung.

**) Vereinzelt finden sich allerdings auch bei seinen Vor-
gängern Reflexionen in die Erzählung eingeflochten, aber nur im

Da jene Eigentümlichkeit auf Schritt und Tritt begegnet, sind nur einige besonders frappante Beispiele herausgegriffen. Sehr charakteristisch sind die Reflexionen, mit denen der Dichter die psychologische Umwandlung der Laudine begleitet: Yv. 1749 ff. Ez vos ja la dame changiee: zum Schluss dieses Gesinnungswechsels und der Wandelung in dem Leben der Laudine:

Yv. 2164—69:
> Mes or est mes sire Yvains sire
> Et li morz est toz obliëz.
> Cil qui l'ocist est mariëz
> An sa fame et ansanble gisent,
> Et les janz aimment plus et prisent
> Le vif qu'onques le mort ne firent.

Das reichste Feld bietet dem Dichter natürlich die Minne. Lange Reflexionen legt er der Fenice in den Mund über Cligés Liebeserklärung. Sie kann ihr Glück nicht fassen und verfällt deswegen in Zweifelsucht: ob sie Verstellung befürchten soll oder auf

---

Tristan 536—538:
> Ha! Dex! qui puet amor tenir
> .I. an ou .II. sanz descouvrir?
> Car amors ne se puet céler u. a.

Allein auch hier vermisst man den weiteren Ausbau. Sie bleiben fast ausschliesslich beschränkt auf Affektäusserungen oder eine Anrede an die Leser, zur Aufmerksamkeit anspornend.

Tristan 664: Dex! quel péchié! trop ert hardiz ..
    „   606: Ha! or oiez quel traïson ...
    „   692: Dex! por quoi fut? Or escoutez ..
    „ 873/4: Oez, seignors, de dam-le-Dé
              Comant il est plains de pité ...

Wace kommt über die Formeln der Anrede: ne vous sai dire, onques n'agardastes, oiés, mult (dont) oissiez, véissiez u. s. w. überhaupt nicht hinaus.

wirkliche Liebe hoffen darf. (Cl. 4410—74). *Chrestien* selbst reflektiert über die Berechtigung einer Liebe:

Cl. 536: Ceste amors fust leaus et droite.

Amor am rechten Platz:

Cl. 6336/7:

> Certes, de rien ne s'avilla
> Amors, quant il les mist ansanble.

Oder er reflektiert über den Unterschied einer Liebeswunde von einer Waffenwunde:

Yv. 1368—77:

> Que par les iauz el cuer le fiert.
> Et cist cos a plus grant duree
> 1370: Que cos de lance ne d'espee.
> Cos d'espee garist et sainne
> Mout tost des que mires i painne:
> Et la plaie d'Amors anpire
> Quant ele est plus pres de son mire.
> 1375: Tele plaie a mes sire Yvains
> Don il ne sera ja mes sains,
> Qu' Amors s'est tote a lui randue.

Er argumentiert mit grosser Genugthuung, dass ein Arzt der Liebe eher Schaden als Nutzen bringe: mit andern Worten, dass der Umstand, den Gegenstand der Liebe in unmittelbarer Nähe zu wissen, das Leid nur verschlimmere. Denselben paradox klingenden Gedanken hat *Chrestien* gleichfalls im Cligés ausgesprochen.

Cl, 588—90:

> Et ce que li uns l'autre voit,
> Ne plus n'osent dire ne feire,
> Lor torne mout a grant contreire . . .

Dieser bloss scheinbare Widerspruch beruht natürlich auf einer ganz richtigen psychologischen Beobachtung. Denn die nur teilweise Erfüllung des Wunsches, das geliebte Wesen ganz zu besitzen, steigert das Begehren, anstatt die Heftigkeit desselben zu vermindern, wodurch ein Gefühl der Un-

lust hervorgerufen wird, welches dasjenige noch
übertrifft, das bei Nichterfüllung entstehen würde.

Eine ähnlicher Gedanke: Das Verlangen des
Herzens verursacht Schmerz:

Cl. 510: Sa volantez me fet doloir
„ 513: Volanté don me vaingne enuis,
„ 3080: Mes voloirs est, maus se devient.

Oder in antithetischer Form reflektiert der
Dichter über Liebesfreude und Liebesschmerz:

Cl. 3081—4:

Mes tant ai d'eise an mon voloir,
Que doucemant me fet doloir,
Et tant de joie an mon enui,
Que doucemant malade sui.

Cl. 3072—76:

Mout m'abelist et si m'an duel,
Si me delit an ma meseise.
Et se maus puet estre, qui pleise,
Mes enuiz est ma volantéz
Et ma dolors est ma santéz.

Mit besonderer Vorliebe verweilt *Chrestien* in
seinen Reflexionen bei derartigen paradox klingenden Gedanken.

Yv. 1509—13:

Ne mes ne cuit qu'il avenist
Que nus hon qui prison tenist
[Tel con mes sire Yvains la tient
Qui de la teste perdre crient]
Amast an si fole meniere

Hier weist er auf die Thorheit des Gedankens
hin, wie es möglich sei, sein Gefängnis zu lieben.

Eine Eigentümlichkeit reflektierender Darstellung, der man in den zahlreich eingestreuten Mono-
logen sehr oft begegnet, ist die Wiederaufnahme
eines Satzteils oder eines ganzen Satzes in Frageform
(Anadiplosis)*.

*) Seinen Vorgängern ist dieselbe durchaus fremd.

Es wird hierdurch die Ueberraschung zum Ausdruck gebracht über die kühne Wendung, die ein
scheinbar widerspruchsvoller Gedanke genommen hat.

Cl. 510/1:

> Sa volantez me fet doloir —
> Doloir?

Cl. 513—15:

> Volanté don me vaingne enuis,
> Doi je bien oster, se je puis —
> So je puis? u. s. w.

Cl. 653, 665, 699, 905, 1021, 1394, 1399, 1401,
2819, 2820, 4455, 4467, 4468. (Weitere Stellen aus
Yvain, Lanc, Erec, Perc. s. R. Grosse. Der Stil
Chrestien's von Troies. Franz. Stud. I. p. 232/3).

Wir sehen, dass gerade im Cligés diese Redefigur sehr häufige Verwendung findet, ohne aber zur
Manie zu werden.

2. Mängel in seiner Darstellung.

Insoweit bleibt *Chrestien* natürlich und unge-
zwungen. Aber er zeigt auch eine gewisse Sucht,
Gegensätze und Widersprüche herauszufinden, wo
dieselben gar nicht vorhanden sind, sie noch künst-
lich zu steigern, um sie dann wieder in Einklang
zu bringen.

Das frappanteste Beispiel hierfür sind die Reflexionen *Chrestien's* über einen Conflikt zwischen
Liebe und Hass, bei Gelegenheit des Zweikampfes
zwischen den beiden Freunden Yvain und Gauvain.
(Yv. 5998—6105). Es ist natürlich müssig, von einem
solchen Conflikte zu sprechen, da die Gegner sich ja
gegenseitig nicht erkennen. Um seinen Gedanken
durchzuführen, bedient sich *Chrestien* folgenden Bildes: „Liebe und Hass wohnen in einem Hause bei-

sammen, nur die Liebe versteckt in einem verborgenen Kämmerchen, so dass also kein Streit entstehe". Yv. 6024—48.

Wenn man auch einerseits gern geneigt ist, die Schärfe und Feinheit der Behandlung anzuerkennen, so haftet doch andererseits seinen Reflexionen nicht selten so sehr der Charakter des Gesuchten und Gekünstelten an, dass man den Eindruck gewinnt, als benutze *Chrestien* mit Vorliebe jede Gelegenheit, seinen Geist glänzen zu lassen. Ueberdies hat er diese Betrachtungen so weit ausgesponnen, dass der Faden der Handlung eine allzu lange Unterbrechung erfährt. Daneben ist die Darstellung teilweise schleppend und langweilig. Wir dürfen jedoch nicht vergessen, dass *Chrestien* auch lyrischer Dichter war und seine litterarische Thätigkeit in die Zeit der Blüte des provenzalischen Minnegesangs fällt, dass also für solche Betrachtungen ein empfängliches Publikum vorauszusetzen ist.

Müssige Spielerei, wie man sie aus der provzl. Lyrik schon kennt, treibt *Chrestien* mit der Trennung von Körper und Herz. Der an und für sich schöne Gedanke, das der König Artus wohl imstande sei, Yvain's Körper mitzunehmen, aber nicht sein Herz, wirkt durch die Breite der Darstellung *), aber vor allem durch die naiv gezogenen Consequenzen (2647 bis 54) lästig und ermüdend.

> Des que li cors est sanz le cuer,
> Don ne puet il vivre a nul fuer;

---

*) Dieselbe ist allerdings oft durch den feinen Ton höfischer Sitte, dann auch durch den epischen Charakter der Sprache bedingt; daher auch die grosse Fülle tautologischer Wendungen und vor allem synonymer Begriffe.

Et se li cors sanz le cuer vit,
2650 : Tel mervoille nus hon ne vit,
Ceste mervoille cet avenue ;
Qu'il a la vie retenue
Sanz le cuer qui estre i soloit,
Que plus sivre ne le voloit.

Diese Analysen scheinen ganz und gar (wenigstens nach unserm Gefühl) auf die Spitze getrieben,
wenn *Chrestien* über die Unmöglichkeit, dass ein
Körper 2 Herzen haben könne, blos deshalb, weil
der eine um den Willen des andern wisse, sich
noch in Reflexionen verliert. Cl. 2820—54.

Besonders ist hervorzuheben :
Cl. 2825—40 :

Qu'il n'est voirs n'estre ne le sanble
Qu'an un cors et deus cuers ansanble,
Et s'il pooient assanbler,
Ne porroit il voir ressanbler.
Mes se vos i plest a antandre,
2830 : Bien vos savroie reison randre,
Comant dui cuer a un se tienent
Sanz ce qu'ansanble ne parvienent.
Seul de tant se tienent a un
Que la volantez de chascun
2835 : De l'un an l'autre se trespasse,
Si vuelent une chose a masse,
Et por tant qu'une chose vuelent
I a de teus qui dire suelent
Que chascuns a les cuers andeus ;
Mes uns cuers n'est pas an deus leus.

Leider gehören diese Spitzfindigkeiten keineswegs zu den Seltenheiten. Gegen den Schluss des
Cligés steht eine derartige Ausdrucksweise noch dazu in grellem Widerspruch zu dem überwältigenden
Schmerze des Cligés über den vermeintlichen Tod
seiner Geliebten:
Cl. 6251—57 :

Amie, donc sui je la morz
Qui vos a morte, (n'est-ce torz ?)

Que ma vie vos ai tolue
Et s'ai la vostre retenue.
6255: Don n'estoit moie, douce amie,
Vostre santez et vostre vie?
Et don n'estoit vostre la moie?

In demselben Romane verbreitet sich Alexander in einem langen Monologe über die Frage: Wie hat es geschehen können, dass sein Herz von dem Liebespfeile Amors verwundet wurde, ohne dass dabei das Auge, durch welches doch li darz hindurchgegangen ist, im geringsten verletzt wurde?

Cl. 702—9:
Or me di donc reison, comant.
Li darz est parmi l'uel passez,
Qu'il n'an est bleçiez ne quassez.
705: Se li darz parmi l'uel i antre,
Li cuers por quoi se diaut el vantre,
Que li iauz ausi ne s'an diaut,
Qui le premier cop an requiaut?
De ce sai je bien raison randre:

„Das Auge ist der Spiegel, durch den das Feuer der Liebe hindurchgeht. Hierdurch wird das Herz entzündet, aber so, dass der Spiegel unversehrt bleibt." Dies führt *Chrestien* im Folgenden weiter aus: „Das Auge bleibt unverletzt. Dies ist geradeso wie mit einer Laterne, in die eine brennende Kerze gestellt wird:

Cl. 723|4:
Et la flame qui par mi luist
Ne l'anpire ne ne li nuist.

Jene bleibt auch unverletzt. Ebenso ist es mit der Glasscheibe, die durch den Sonnenstrahl auch nicht verletzt wird". (Cl. 725—28). Soweit ist der Gedankengang wenigstens einfach, klar und anschaulich. Nebenher geht nun noch ein anderer Gedanke, der nicht klar genug hervortritt; „In der La-

terne ist es nur hell, solange die in derselben ent-
zündete Kerze brennt; im Körper, so lange das Herz
entflammt ist. Aehnlich ist es mit dem Glase. Kein
Glas ist so klar, dass dessen eigene Klarheit zum
Sehen ausreichen würde; es muss also noch eine
andere Klarheit, ein anderes Licht hinzutreten. Ebenso ist es mit dem Auge, wie mit dem Glase und
der Latene (Cl. 732/3). Die Klarheit des Auges
allein ist nicht genügend: es muss noch ein Lichtstrahl hineinfallen, worin das Herz sich betrachtet.
Aber mit diesem ist es eine gefährliche Sache. Solange das Herz ihn betrachtet, zeigt er im Spiegel
ein schönes Gesicht. Aber wehe dem, der sich nicht
davor hütet! Ihm (Alexander) sei es schlecht er-
gangen: ihn habe sein Spiegel sehr betrogen. Denn
in ihm habe sein Herz einen Lichtstrahl gesehen,
von dem er belästigt werde, und deshalb sei sein
Herz so feige".

Es ist ja nicht zu leugnen, dass der Gedanke,
den *Chrestien* zum Ausdruck bringen will, ein sehr
ansprechender ist, aber er ist es nicht in dieser
weitschweifigen Form. Ueberhaupt liebt es der
Dichter, Bilder zu häufen, wo ein einfaches Bild genügen würde*). Anstatt nun den Vorgang zu ver-
anschaulichen, wird dadurch die Darstellung ge-
schraubt, dunkel und unverständlich.

Eine der Form nach ebenso komplicierte Stelle
findet sich im Yvain, obwohl der Sinn klar ist.

Yv. 2658—60:
Si fet cuer d'estrange meniere

---

*) Damit tritt *Chrestien* in direkten Gegensatz zu seinen
Vorgängern, deren Sprache jedoch infolge allzu grossen
Mangels an Bildern dürftig und trocken erscheint.

> D'esperance qui mout sovant
> Trait et fausse de covant.

Ein solches (vom Leib getrenntes) Herz täuscht der Körper oft um seine Zusage (nämlich zum Herzen zurückzukehren), cf. *W. Förster*, der Löwenritter, Anmerk. p. 303—4.

Schleppende Ausdrucksweise findet sich bei der sonstigen Leichtigkeit des *Chrestien*'schen Stils im Ganzen nur selten. Hie und da wird eine solche hervorgerufen durch eine hässliche Einschachtelung von que-Sätzen, die teils relativisch, teils konjunktional stehen.

Yv. 1341—45:

> Del cors qu'il voit que l'an anfuet
> Li poise quant avoir n'an puet
> Aucune chose qu'il an port
> Tesmoing qu'il l'a conquis et mort,
> Que mostrer puisse an aparant.

Yv. 2287—90:

> (Et mes sire Gauvains an a)
> Çant tanz plus grant joie que nus,
> Que sa conpaignie amoit plus
> Que conpaignie qu'il eüst
> A chevalier que il seüst.

Hier 3 facher Gebrauch des que. Ebenso schwerfällig:

Er. 5440—46:

> Sire, nel tenez mie a jeus,
> Que ja par moi ne le savroiz
> De ci que creanté m'avroiz
> Par l'amor que m'avez promise,
> Que par vos ne sera requise,
> L'avanture don nus n'estort,
> Qu'il n'i reçoive honte ou mort.

Cl. 3224—29:

> Que ja tant n'iert de male part
> Cligés, s'il set que ele l'aint
> Et que tel vie por lui maint

> „ Con de garder son pucelage,
> Por lui garder son eritage,
> Qu'il aucune pitié n'an et, . . .

Schachtelsatz, in dem „que" viel zu weit von dem zugehörigen tant getrennt ist.

Eine weitere stilistische Schwäche besteht in der störenden Wiederholung des bereits Gesagten: Er. 6352—57:

> Mabonagrains grant joie fet
> D'Enide, et ele aussi de lui.
> Erec et Guivrez anbedui
> Refont joie de la pucele.
> Grant joie font et cil et cele,
> Si s'antrebeisent et acolent.

> . . . .
> 6361 : Si s'an issent joie felsant,
> Et li uns l'autre antrebeisant.

Dadurch dass hier die Freude der Beteiligten immer wieder von neuem hervorgehoben ist, wird die Darstelluug eintönig.

Wenn nun *Chrestien* Begebenheiten, die bereits bekannt sind, eingehender, als es uns nötig erscheint, in ermüdender Breite wiederholt Er. 323—34, 5091 bis 5104 (vgl. 4876), so könnte man auch geneigt sein, ihm dies zur Last zu legen, aber mit Unrecht. Derartige Wiederholungen haben „zu allen Zeiten und bei allen Völkern zur Eigentümlichkeit der epischen Darstellung gehört. Der Anlass ist aber zum grossen Teil nur oder doch hauptsächlich ein äusserer: Denn eigentlich läuft dieses Verfahren dem Wesen aller epischen Poesie zuwider, ·das einen schnell bewegten Fortschritt verlangt: dergleichen Wiederholungen dienen aber im Gegenteil nur, den Strom der Erzählung zu hemmen, ja zurückzutreiben. Indessen, da der Hörer eben bloss hört, so will man der Vergesslichkeit vorbeugen und sagt lieber zum

zweiten Male, was schon einmal gesagt-wordeu:
wer weiss, ob eine kurze Zurückdeutung genügen
würde?"*)

Dies bezieht sich natürlich in erster Linie auf
den Volksepiker, hat jedoch auch eine gewisse Geltung für den höfischen Epiker, der zwar ein feineres,
aber doch keineswegs gelehrtes Publikum vor sich
hat. Die Art und Weise, wie *Chrestien* mit seinem
Hörerkreise verkehrt, bestätigt das Gesagte; dabei
muss man allerdings von seinen Gönnern absehen,
und besonders von der für ihre Zeit hochgebildeten
Marie, Gräfin von Champagne. **)

Gleichfalls auf Rechnung seiner Hörer ist es
wohl zu setzen, wenn *Chrestien* ein in der Zukunft
liegendes Moment dadurch schon vorwegnimmt, dass
er bisweilen über den schliesslichen Ausgang der
Sachlage kurze Mitteilungen macht.

Ein Gefühl der Spannung somit bei dem Hörer
nicht entstehen zu lassen, ist ja durchaus unpoetisch
und steht auch mit der sonstigen Darstellungsart
Chrestien's im Widerspruch;***) doch konnte er hierzu
durch die Neugier seines Publikums gezwungen sein,
das in naiv-kindlicher Weise auch den Ausgang
schon im Voraus wissen will.

Hinweis auf die dem Yvain bevorstehende
Katastrophe:

---

*) s. Wilh. Wackernagel, Poetik, Rhetorik u. Stilistik. Die
epische Poesie, p. 63—64.

**) Schon dass sie unserm Dichter „sen et matiere" zu seinem
Lancelot gegeben hat, lässt dies erkennen. Vgl. ferner *G. Paris*,
Rom. XII, p. 534.

***) Im Tristan findet sich dieser Fehler viel häufiger.

Yv. 2667—69:

> Je cuit qu'il le trespassera, (die Frist)
> Car departir nel lessera
> Mes sire Gauvains d'avuec loi;

Mit Bezugnahme auf den Anschlag des Grafen Galoain gegen die Ehre Enidens und das Leben ihres Gatten, sagt der Dichter:

Er. 3428/9:

> Mes Deus li porra bien eidier,
> Et je cuit que si fera il.

Mitten im grössten Schmerz Hindeutung auf die Freude:

> Que a joie tornera tost
> Cl. 2145/6: Li plus granz diaus de tote l'ost.

Hinweis auf das dem Alis drohende Unheil in seinem vermeintlichen Glücke:

Cl. 3375/6:

> Mes ainz qu'a saureté la taingne,
> Cuit que granz anconbriers li vaingne;

Dies sind nun aber auch die einzigen Belege, die aus diesen 3 Dichtungen anzuführen sind. Also die Mängel in seiner Darstellung sind selbst da, wo man wirklich von solchen sprechen darf, im Ganzen nicht so häufig und deshalb nicht wirksam genug, um den sonstigen Wert seines Stiles beeinträchtigen zu können.

3. Vorzüge seines Stils.

Chrestien zeichnet sich durch eine glatte und gewandte Sprache von meist origineller Art aus. Gern lässt man sich einige Ungereimtheiten, Künsteleien oder sonstige Schwächen gefallen, wenn man sich dafür ganz und gar dem Eindruck hingeben kann, den der Dichter durch seine glänzende Phantasie und die Kunst anschaulicher Darstellung hervorruft.

Solche Schilderungen wirken alsdann um so wohl-
thuender.

a) Masshalten und Beschränkung.

Wenn auf der einen Seite die in die Erzählung
eingeflochtenen Reflexionen durch ihre ermüdende
Breite leicht zur stilistischen Schwäche werden, so
ist jedoch andererseits nicht zu leugnen, dass, falls
von ihrer Anwendung ein massvoller Gebrauch gemacht wird, dieselben wohl geeignet sind, die Darstellung zu beleben. Zunächst gilt dies von den
kurzen, kritischen Bemerkungen, mit denen *Chrestien*
in die Erzählung eingreift: et que preuz fet (und
handelt daher richtig); s'est granz honte; don uns
ne li puet feire tort; si n'a pas tort; ele a droit;
n'est pas mervoille; car ce est reisons et justise; mes
or iert mes sire Yvains fos; bien puet savoir sanz
nul redot; ne cuit que u. s. w. Im Gegensatz zu
Wace und Gautier d'Arras zeigt *Chrestien* ferner
weise Beschränkung in der Verwendung der Anaphora. *)

Vor allem bei Wace wird diese Redefigur geradezu zu einer lästigen Manie. Ganz anders bei
unserm Dichter. Er bedient sich derselben nur vorsichtig, zumeist in leidenschaftlicher Rede. Ganz am
Platze ist daher die Anaphora in den glühenden
Worten, mit denen Yvain seine Liebe erklärt:

Yv. 2024—32:

> . . „an quel meniere?"
> „An tel que graindre estre ne puet,
> An tel que de vos ne se muet
> Mes cuers n'onques aillors nel truis,
> An tel qu'aillors panser ne puis,
> An tel que toz a vos m'otroi,
> 2030: An tel que plus vos aim que moi,

*) Im Tristan begegnet man derselben nur selten.

> An tel, se vos plest, a delivre
> Que por vos vuel morir et vivre".

Oder wenn Yvain Wunder der Tapferkeit verrichtet und die Zuschauenden mit stetig wachsen-
dem Interesse dem Kampfe folgen. Yv. 3212—23.

Ferner Cl. 3359—63:

> Mes de neant est an grant eise:
> Neant anbrace et neant beise,
> Neant tient et neant acole,
> Neant voit, a neant parole,
> A neant taace, a' neant luite.

Brautnachts-Scene, wo das nur traumhafte Um-
fangen des Kaisers Alis geschildert wird.

Sehr wirksam Er. 6621—24:

> Bele est Enide, et bele doit
> Estre par reison et par droit;
> Que bele dame est mont sa mere,
> Bel chevalier a an son pere.

Die Beispiele liessen sich leicht vermehren (s.
Grosse, p. 228—30).

Hin und wieder gestattet sich *Chrestien* die Anwendung der Parenthese, die, in knapper Form
gehalten, und ohne den Zusammenhang irgendwie
zu beeinträchtigen, denselben nur zu fördern scheint
und bisweilen sogar um so schärfer die Gegensätze
hervortreten lässt. Diese Redeform ist auch wieder
Chrestien allein eigentümlich.

Cl. 96—98:

> Mout cuideroit bien espleitier,
> — Cuideroit? et si feroit il —
> S'il acreissoit l'enor son fil.

Er. 709—11:

> La pucele meïsmes l'arme,
> — N'i ot fet charaie ne charme —
> Lace li les chauces de fer.

Er. 6884—87:

> Si le mist, que plus ne tarda,

Li rois Erec an sa main destre,
— Or fu il rois si con dut estre —
Puis ra Enide coronee.

Ferner Cl. 6724; Er. 142, 1066, 1082, 3202,
4098, 6764. Hier würde auch die kurze Wechsel-
rede ihren Platz finden; doch ist dieses Mittel bereits in wirksamer Weise im Tristan verwendet,
ferner noch bei Gautier d'Arras, aber nicht, wie
auch nicht anders zu erwarten, bei Wace. Es sei
wenigstens hervorgehoben, dass *Chrestien* in dem
massvollen Gebrauch derselben Gewandtheit bekundet.

Eine glückliche Verwendung hat *Chrestien* von
der Steigerung des Ausdrucks gemacht. Wo er sich
der Climax bedient, ist dieselbe in trefflicher
Weise durchgeführt. .

Erecs Gefährten beklagen sein Verliegen; der
ganze Adel führt Klage; von allen (Rittern und
Knechten) wird er hart getadelt und Feigling ge-
scholten.

Er. 2443—98:

Si conpaignon duel an avoient,
Antr'aus sovant se demantoient
De ce que trop l'amoit assez.
Ce disoit trestoz li barnages,
2460: Que granz diaus iert et granz domages,
Quant armes porter ne voloit,
Teus ber com il estre soloit.
Tant fu blasmez de totes janz,
De chevaliers et de serjanz . .

Ferner eine schöne gelungene Figur der Climax:

Er. 4637—40:

Qu'an toi s'estoit biautez miree,
Proesce s'i iert esprovee,
Savoirs t'avoit son cuer doné,
Largesce t'avoit coroné.

Yv. 4839—46, 4439 u. s. w.

Am schönsten bewährt sich *Chrestien's* Kunst
weiser Beschränkung an einigen zu behaglicher
Breite verlockenden Stellen. Unser Dichter ist sich
der Gefahr bewusst, der er verfällt, wenn es sich
um Schilderungen handelt. Oft gelingt es ihm, sich
derselben dadurch zu entziehen, dass er die Erzählung nicht unterbricht, sondern dieselbe schnell weiter
führt.

Cl. 4636—39:

> Ne cuidiez pas que je vos die,
> Por feire demorer mon conte:
> Cil roi i furent et cil conte
> Et cist et cil et cist i furent.

Oder sobald er merkt, dass er seiner Schilder-
ungslust allzusehr die Zügel schiessen lässt, so bricht
er plötzlich ab, sich selbst zur Eile anspornend:

Er. 5571—9:

> Mes por quoi vos deviseroie
> Les peintures, les dras de soie,
> Don la chanbre estoit anbelie?
> Le tans gasteroie an folie,

5575:

> Ne je ne le vuel pas gaster,
> Einçois me vuel un po haster;
> Car qui tost va la droite voie,
> Passe celui qui se desvoie;
> Por ce ne m'i vuel arester.

Aehnlich: Er. 1054:

> Por quoi vos feroie lonc conte?

Ferner noch Cl. 2350—60: Von den Verlob-
ungsfeierlichkeiten sei nicht soviel zu sagen, dass für
die Hochzeit nichts mehr zu sagen übrig bliebe. Aber
um kein Missfallen zu erregen, wolle er sich auch
darüber nicht verbreiten.

Cl. 2358:

> Por tant qu'as plusors despleüst

Ne vuel parole user ne perdre,
Qu'a mianz dire me vuel aerdre.

Hier also geht er ebenso schnell darüber hin-
weg, wie er sonst mit besonderer Vorliebe dabei
verweilt. An einer anderen Stelle (p. 99) begegnete
uns eine scheinbare stilistische Schwäche *Chrestien's,*
die aber in der Rücksichtnahme auf die Hörer ihre
Rechtfertigung fand: nämlich die breite Wiederholung bereits bekannter Ereignisse. Das Lästige und
Ermüdende einer derartigen Wiederholung fühlt er
selbst sehr wohl Er. 6324—26 und übt somit eine
freilich mehr unbewusste Selbstkritik, wenn er sagt:

> Mes a conter le vos relés,

Er. 6325:

> Por ce que d'enui croist son conte
> Qui deus foiz une chose conte.

Dieser Schwierigkeit nun zeigt sich *Chrestien*
ganz und gar gewachsen, wenn man die Art und
Weise betrachtet, wie er die Erzählung der dem
Leser bereits bekannten Abenteuer Erecs und Enidens zu behandeln weiss, ohne dass die Wiederholung (im Gegensatz zu manchen anderen Stellen)
irgendwie ermüdend wirkt.

Er. 6478—95:

> Cuidiez vos or que je vos die
> Queus achoisons le fist movoir?
6480: > Naie; que bien savez le voir
> Et de ce et de l'autre chose,
> Si con je la vos ai esclose.
> Li reconters me seroit griés;
> Car li contes n'est mie briés.
6485: > Qui le voudroit recomancier
> Et les paroles rajancier,
> Si com il le conta et dist
> Des trois chevaliers qu'il conquist,
> Et puis des cinc, et puis del conte,
6490: > Qui li vost feire si grant honte,

Et puis des deus jaianz aprés,
Trestot an ordre, pres a pres,
Ses avantures li conta
Iusque la ou il esfronta
Le conte Oringle de Limors.

Gerade gegen den Schluss des Erec kann man beobachten, wie der Dichter bestrebt ist, sich nicht mehr in langen Schilderungen zu verlieren; hier zeigt er überall weise Beschränkung.

Auf ein weiteres Beispiel sei noch aus dem Yvain hingewiesen; es war bereits in ähnlichem Zusammenhange davon die Rede. Bei Gelegenheit der Erzählung des von Yvain im Walde Broceliande zu bestehenden Abenteuers lag die Versuchung nahe, die Situationen, in denen Calogrenant sich schon befunden hatte, nun noch einmal in aller Breite an Yvain dem Hörer vorzuführen; doch hat dies *Chrestien* geschickt zu umgehen gewusst (vgl. p. 80—81).

b. Frische und Lebendigkeit seines Stils.

Durch Mittel allerlei Art vermag es der Dichter, seiner Darstellung Abwechselung zu verleihen und die Aufmerksamkeit seiner Hörer stets wieder aufs neue zu spannen.

Selbst wenn das Moment der Spannung bereits vorüber ist, versteht er es, eine das Interesse des Hörers noch fesselnde Situationsschilderung in geschickter Weise zu entwickeln. Ein eclatantes Beispiel Er. 1089—1170. Da der Hörer den Inhalt der Botschaft des von Erec an Artus Hof gesandten Ritters Yder bereits kennt, sollte man meinen, ein längeres Verweilen bei dieser Begebenheit könnte nicht mehr fesseln; und ein minder talentvoller

Dichter würde dieselbe auch wohl mit einigen Worten abgethan haben. Allein *Chrestien* genügte dies
nicht.

Am Hofe des Königs Artus herrscht bezüglich
des Ausgangs von Erecs Kampfe mit Yder gespannte
Erwartung, nachdem die der Königin und Erec selbst
angethane Schmach bekannt geworden war. *Chrestien*
weiss nun dies Moment zu benutzen, weiter auszu-
spinnen und so zu steigern, dass diese interessante
Scene, in der die Königin beim Herannahen jenes
Ritters aus äusseren Anzeichen (arg beschädigte,
blutbefleckte Rüstung) in ängstlicher Erwartung auf
das Schicksal Erecs schliessen will, sich mit fast
dramatischer Lebendigkeit aus der ganzen Erzählung abhebt*).

---

*) Diese Art der Darstellung ist *Chrestien's* Vorgängern
fremd, wie überhaupt ihre Sprache der kunstvollen Behandlung
völlig entbehrt. Gautier d'Arras bringt mit Vorliebe eintönige,
lange Reden, ohne den Faden der Erzählung im Auge zu behalten.
Allerdings vermisst man bei *Chrestien* auch manchmal die Präci-
sion in der Darstellung, aber der Zusammenhang bleibt doch
im Grossen und Ganzen gewahrt. Selbst im T r i s t a n fehlt dem Gedankengange noch oft die
Verbindung. Die Darstellung besteht häufig aus lauter Haupt-
sätzen in der Weise, dass die einzelnen Gedanken nur lose an
einander gereiht sind. Dazu kommt noch der Mangel an Abwechselung, so dass die Aufmerksamkeit des Lesers nicht dauernd
wach gehalten wird, trotz des an und für sich fesselnden Stoffes.
Doch fehlt es auch hier nicht gänzlich an wirksamer Darstellung.
In der Sterbe-Scene des Tristan (2 Bd. v. 1695—1818) erreicht
sie z. B. eine anerkennenswerte Höhe: Tristan hatte Boten zu
seiner einstigen Geliebten Isolde entsandt, die vermöge ihrer Zauber-
künste allein ihn von seiner tödlichen Wunde zu heilen vermochte,
mit der Weisung, bei der Rückkehr weisse Segel aufzuhissen, falls
sie mitkomme, dagegen schwarze, falls sie nicht komme. In
ängstlicher Spannung erwartet nun Tristan die Ankunft des Schiffes;

Auch dann, wenn er sich in seinen Schilderungen erschöpft zu haben scheint, bringt er doch
noch durch irgend ein rhetorisches Mittel eine Steigerung des Eindrucks, den er hervorrufen will, zustande. Ein solches Mittel ist der Hinweis auf die
Unmöglichkeit, auch nur einen Teil von dem schildern zu können, was der Wirklichkeit entspreche
(Er. 6702—12). „Also ist es thöricht, eine Schilderung zu wagen". Aber wenigstens will er einen Teil
beschreiben, weil er sich der Aufgabe nicht entziehen
kann.

Nicht selten streift der Dichter in seiner Darstellung das Gebiet des Humors. Calogrenanz erzählt:

Yv. 60:
> Non de s'enor, mes de sa honte.

Yv. 3006—9:
> Mes del cors oindre fist folie,
> Qu'il ne l'an estoit nus mestiers.
> S'il an i eüst cinc sestiers,
> S'eüst ele autel fet, ce cuit

(mit bezug auf die Salbung Yvain's von seiten des
Fräuleins).

Er. 2027—28:
> Qu'autremant n'est fame esposee,
> Se par son droit non n'est nomee.

Enide ist so schön, dass die Natur selbst sich
über ihr Kunstwerk verwundert:

Er 414/5:
> Ele meïsmes s'an estoit
> Plus de cinc çanz foiz mervelliee.

Oder indem er sich an seine Leser wendet:

---

da plötzlich meldet seine Frau aus Eifersucht, dass ein Schiff mit
schwarzen Segeln in Sicht sei, und wird so die Ursache seines
Todes.

Er. 6923—28:

> Mes je ne vos vuel feire acroire
> Chose qui ne sanble estre voire.
> Mançonge sanbleroit trop granz,
> Se je disoie que cinc ganz
> Tables fussent mises a tire
> An un palés, ja nel quier dire; ..

Im Anschluss an die Besiegung eines Strassen-
räubers bemerkt *Chrestien* mit Humor:

Er. 3018:

> Je n'ai peor que il reliet; .....

Yv. 6259—60:

> Bien m'an avez randu le conte
> Et del chatel et de la monte;

Cl. 4085/6:

> Que tot sanz conte et sanz mesure
> Ne rande chetel et usure ..

Aehnlich mit einer gewissen Ironie in Yvains
Kampfe gegen 2 Ungetüme:

Yv. 5593:

> Qu'il lor rant lor bonté a doble

Yv. 5600/1:

> Ja li randroit au grant sestier
> Et au grant mui ceste bonté.

Am Schluss des Cligés schildert *Chrestien* die
Eifersucht, mit der in späterer Zeit die byzantinischen Kaiserinnen bewacht wurden.

Cl. 6778/9:

> Toz jorz la fet garder an chanbre
> Plus por peor que por le hasle

(mehr aus Furcht, als wegen des Sonnenbrandes).

Am liebsten kleidet der Dichter den Humor in
das Gewand der „Litotes als Satzfigur*).

---

*) Beispiele für Litotes sind im Tristan nur vereinzelt.
z. B.: Tr. 1785:

> Lor amistié ne fu pas fainte

Tr. 2770:

> Yseut parla, qui n'ert pas fole,

Durch die starke Verneinung des dem eigentlichen Sinne Entgegengesetzten wird der positive Sinn aufs höchste gesteigert, und ist die Wirkung infolge dessen eine überraschende.

Hierüber siehe das Nähere bei Grosse p. 189—193.

Oder er erweitert die Litotes durch Hinzufügung eines zweiten Elements zum „P a r a l l e l i s m u s". Das erste Glied hat negativen Charakter, wie oben die Litotes; das zweite Glied dagegen ist positiv gehalten und wird in der Regel durch die Conjunktionen ainz, einçois, mes eingeleitet, die zum Teil auch fehlen. Dieses Mittel der Darstellung vermag wohl den Stil zu beleben; es braucht aber nicht weiter berücksichtigt zu werden, da *Chrestien* in der Verwendung desselben sich von W a c e nur durch häufigeren Gebrauch und schärfere Ausprägung unterscheidet.

Aehnliches gilt von den starken Hervorhebungen und Beteurungen der Aussagen*): zumeist in negativer Form, eingeleitet durch onques, james, mes, mie (teilweise mit hyperbelhaftem Charakter), nur selten in positiver Form, durch por voir eingeleitet. Auch diese sind an sich bedeutungslos für *Chrestien's* Stil; dagegen bezeichnend ist die Art der Verwendung. Bei einem minder gewandten Dichter könnte diese gesteigerte Ausdrucksweise bei so häufigem Gebrauch und noch dazu in hyperbelhafter Form leicht zur stilistischen Schwäche werden. *Chrestien* hingegen weiss dieselbe so mannigfaltig zu gestalten, dass er sich dadurch ein Kunstmittel in die Hand giebt, das recht geeignet erscheint, seiner

---

*) Nur wenige Beispiele bei Wace, dagegen häufiger im Tristan.

Darstellung Schwung und Colorit und seiner Sprache lebendige Beweglichkeit zu verleihen.

Mannigfaltigkeit zeigt unser Dichter ferner in der Behandlung der Wortspiele, die man bei seinen Vorgängern noch nicht findet.

Cl. 550/1:

> Si qu'an la mer l'amer ne voit;
> Qu'an la mer sont, et d'amer vient

Cl. 979—80:

> Qu'autretant dit Soredamors
> Come sororee d'amors.

Weitere Beispiele Cl. 470/1, 518/9; Er. 2357/8; Yv. 620/1,

Yv. 2409—14:

> Et de celi refaz la lune
> Et neporuec je nel di mie
> Solemant por son buen renon,
> Mes por ce que Lunete a non.

Mit Vorliebe erstrebt *Chrestien* im Reime den Gleichklang. So entstehen die Klangwortspiele, von denen er reichen Gebrauch macht (s. Grosse 234/5). Mehr noch als durch die Handhabung rhetorischer Mittel erreicht *Chrestien* aber für die Belebung seines Stils durch den frischen, lebendigen Verkehr mit seinen Lesern. Darüber haben wir bereits gesprochen (s. Teil I, 42—44).

Ueberall ist *Chrestien* darauf bedacht, seiner Sprache Abwechselung zu verleihen : daher auch in langen Reden ein plötzlicher Uebergang aus indirekter in direkte Rede: Cl. 2541, 3207, 5448; Er. 3108 u. s. w.; Yv. 1745, 1911, 3916, 6162. Daher die Dialoge unter der als beteiligt gedachten Volksmenge. Es pulsiert in diesen Dialogen frisches und warmes Leben, sodass dieselben vielfach fast dramatisch belebt sind: Er. 753—72, Cl. 4650—82.

Stets lässt der Dichter die Menge an wichtigen
Ereignissen Anteil nehmen, auch besonders bei trau-
rigen Anlässen.

Cl. 5791—5811:

> „Deus, quel enui et quel contreire
> Nos a fet la morz deputeire! u. s. w

Forts. pag. 131.

Ferner Abschied Erecs vom Hofe seines Vaters
Er. 5705—13. Das Volk warnt Erec vor der Hoffreude
Er. 5509—25. Das Motiv des vor Unheil warnenden
Volkes kehrt nochmals im Yvain wieder 5115—35.*)

Die höchste Anschaulichkeit kann natürlich
erst erreicht werden, wenn sich ein Dichter epischer
Darstellung bedient. Dieselbe tritt in *Chrestien's*
Dichtungen durchaus gegen den höfisch-konven-
tionellen Ton zurück; doch vereinzelt finden sich
Schilderungen von wahrhaft epischer Kraft, die ihn
uns wiederum als den seinen Vorgängern bei weitem
überlegenen Meister zeigen.

Sehr wirksam sind 2 Darstellungen, die dicht
auf einander folgen, aber einen ganz verschiedenen
Charakter tragen:

Das eine Mal ist die Handlung in einzelne
Bilder aufgelöst:

Er. 3696—98:

> Ez vos ja le cheval fors tret;
> La sele mise et anfrené
> L'a uns escuiiers amené;

Das andere Mal umgekehrt nach der Art Ho-
mers das Bild in Handlung aufgelöst:

---

*) Das Interesse, das der Dichter an Volks-Scenen nimmt,
begegnet uns auch im Tristan, aber sonst nicht.

Tr. 797—823. Klagen des Volkes, das für das Schicksal
Tristans und Isoldens Partei ergreift; ferner 849—51 u. s w.

Er. 3704—14:

> Ez vos le chevalier fandant
> Parmi le tertre contre val,
> Et siet sor un mout fort cheval
> Qui si grant esfroi demenoit
> Que dessoz ses piez esgrunoit
> Les chaillos plus menuemant
> 3710: Que muele n'esquache fromant,
> Et s'an voloient de toz sanz
> Estanceles cleres ardanz,
> Que des quatre piez iert avis
> Que tuit fussent de feu espris.

Ferner ebenso wirksam:

Yv. 3199—3224:

> Hai! con vaillant chevalier!
> Con fet ses anemis pleissier,
> Con roidemant il les requiert! . . .
> Veez or comant cil se prueve,
> Veez, com il se tient an ranc,
> Veez com il portaint de sanc
> 3215 : Et sa lance et s'espee nue,
> Veez comant il les remue,
> Veez comant il les antasse,
> Com il lor vient, com il lor passe,
> Com il ganchist, com il trestorne ;
> 3220: Mes au ganchir petit sejorne
> Et po demore an son retor.
> Veez quant il vient an l'estor,
> Com il a po son escu chier,
> Que tot le leisse detranchier.

Kraftvolle Worte vom Walten des Todes, der seinen Gegner zum Kampfe herausfordert:

Yv. 4703—7:

> Mes dedanz ce fu avenu
> Que a la mort ot plet tenu
> Li sire de la Noire Espine,
> Si prist a lui tel anhatine
> La Morz que morir le covint.

Ebenso wirksame Ausdrucksweise für das Tagwerden:

Yv. 5448/9:

> Au main quant Deus ot alumé
> Par le monde son lumineire . . .

Aehnlich Cl. 5842/3 :

> D'une clarté, d'une lumiere
> Avoit Deus le monde alumé;

ferner Cl. 1701—5.

Gerade durch diese naiv-sinnliche Anschauung von Gott und seinem Walten in der Natur ruft *Chrestien* einen recht lebendigen Eindruck hervor. Gott greift in das nach Begiessen der berühmten Quelle im Walde Broceliande ausbrechende Unwetter ein (Yv. 451—4).

Bei Gelegenheit des festlichen Empfangs des Königs Artus liessen Glockengeläute, Hörner- und Posaunenschall le chastel si resoner

> Yv. 2349—50: Qu'an n'i oïst pas Deu toner.

Die Trauer über den vermeintlichen Tod Fenicens war so gross im Schlosshofe :

Cl. 5886:

> Ou l'an n'oïst pas Deu tonant

4. Jdealisierung.

Zeigte sich *Chrestien* schon in der Wahl der rhetorischen Mittel seinen Vorgängern überlegen, so wird dies im Folgenden, wo es sich um „das geistige Element der Sprache, die innere Redeform" [*]) handelt, noch in weit höherem Masse hervortreten. Im Gegensatz zu der bloss formalen Seite könnte man diese mit Fug und Recht „die sinnliche Seite des sprachlichen Ausdrucks" [**]) nennen.

---

[*]) vgl. ten Brink : Ueber die Aufgabe der Litteraturgeschichte. Rectoratsrede 1890.

[**]) ebend.

Hier schlägt *Chrestien* von den früheren oder zeit-
genössischen Dichtern total abweichende Bahnen ein
und lässt jene weit hinter sich zurück. Wir wollen
nun versuchen auszuführen, in welcher Weise unser
Dichter seine Anschauungen von Personen und
Gegenständen zum Ausdruck gebracht hat.

a) Beschreibung körperlicher Schönheit:

Die Art und Weise der Behandlung *Chrestien's*
ist zumal in der Darstellung von Frauenschönheit
die allermannigfaltigste. Von den niedrigsten und
gerade bei seinen Vorgängern häufig wiederkehren-
den Mitteln in hyperbelhafter Form: Verwunderung
des Schöpfers (Natur oder Gott) über sein Kunstwerk, dem es nicht möglich sein würde, ein ähn-
liches Wesen nochmals zu schaffen — ausserordent-
liche Schönheit kann nicht die Natur hervorge-
bracht, sondern nur Gott allein geschaffen haben
(Yv. 1498/9, Cl. 2717—20) — steigt *Chrestien*
hinauf zu den höheren, die ihm allein eigen
sind *). Mit einem einzigen Gedanken weiss er oft
sie so anschaulich dem Leser vor Augen zu stellen,
dass es überflüssig erschiene, noch etwas hinzuzu-
fügen. Wenn es doch geschieht, so ist es ein Versuch seinen Stoff zu erschöpfen.

Gern schildert *Chrestien* vergleichungsweise,
indem er z. B. ein Ideal von Frauenschönheit (Helena,
Isolde) gegenüberstellt. Er. 424—26**):
Enidens Antlitz vergleicht er mit Blumen:

---

*) Im Tristan nur schwache, misslungene Versuche.

**) Aehnlich Cl. in bezug auf seine Schönheit mit Narcissus
verglichen, bezgl. seiner Fertigkeiten mit Tristan Cl. 2767—72.

Er. 427/8 :

> Plus ot, que n'est la flors de lis,
> Cler et blanc le front et le vis.

Ihre Augenpaare werden mit Sternen verglichen:

Er. 433/4:

> Li oel si grant clarté randoient
> Que deus estoiles resanbloient

Er. 1657/8:

> Mes plus estoit luisanz li crins
> Que li fis d'or qui mout est fins.

Vergleich des Anschauens von Enidens Schönheit mit dem Sich-Spiegeln.

Er. 440/1:

> Qu'an li se poïst an mirer
> Aussi com an un mireor.

Mit Enide kann sich keine der Jungfrauen an Schönheit, noch an Wert messen, ebensowenig wie sich der Mond mit der Sonne messen kann. Er. 833—36. Ebenso wie der Edelstein den schwärzlichen Kiesel überstrahlt und die Rose den Mohn, so Enide jede andere weibliche Schönheit.

Er. 2410—14:

> Mes aussi con la clere jame
> Reluist dessor le bis chaillo,
> Et la rose sor le pavo:
> Aussi iert Enide plus bele
> Que nule dame ne pucele.

Oder er entwirft ein Bild von Enidens Schönheit, indem er den Eindruck auf ihren Geliebten schildert. Er. 1491—97. Um nun nicht auch in ähnliche Weise Erecs Eindruck auf Enide zu schildern, sagt er nur, dass letztere an Liebesbewunderung keineswegs zurückstehe, vielmehr mit ihm wetteifere. Er. 1498—1501. Schliesslich will der Dichter selbst sein Urteil geben, muss aber bekennen, dass es schlechterdings unmöglich ist, einem von den beiden Liebenden den Vorzug zu geben,

Er. 150P—11:

> Que nus qui le voir vossist dire
> N'en poïst le mellor eslire
> Ne le plus bel ne le plus sage.

Wirksam ist das Bild, das er von den Reizen der Soredamors entwirft. Cl. 814. Ihre Augen erscheinen wie deus chandoiles qui ardent. Im Vergleich mit la gorge würde der Krystall trüb erscheinen.

Cl. 839: Que vers li ne soit cristaus trobles.

Ihre Brust weisser als der frisch geschneite Schnee.

Cl. 845:

> Plus blanc que n'est la nois negiee.

Aehnlich Yv. 1481—83:

> Qu'au pis qu'ele puet ne se face,
> Et nus cristauz ne nule glace
> N'est si clere ne si polie.

Ihr Haar den Goldfäden des von ihr gewirkten Hemdes so ähnlich, dass es nicht davon zu unterscheiden ist.

Cl. 1167/8;

> Car autant ou plus que li ors
> Estoit li chevos clers et sors.

An einer andern Stelle hebt er hervor: es sei ihm unmöglich, Fenicens Schönheit zu schildern, seine Worte würden nicht ausreichen, auch wenn er 1000 Jahre zu leben hätte und jeden Tag seinen Verstand verdoppelte. Cl. 2737—45.

Ihre Schönheit, vereint mit derjenigen des Cligés, ist sogar imstande, das trübe Licht zu erhellen, wie die Morgensonne klar und feuerrot leuchtet. (Cl. 2754—60).

Anderer Art ist folgendes Mittel der Darstellung von Frauenschönheit: Die pucele in der Burg zum „Schlimmen Abenteuer" ist so schön, dass, wenn

Amor sie gesehen hätte, er seine Gottheit abgelegt
und Menschengestalt angenommen hätte. (Yv. 5375
bis 81).

Um die Schönheit der Geliebten Alexanders zu
schildern, bedient sich der Dichter folgender Steigerung (Cl. 799—857). Wenn Alexander schon solchen
Wert legt auf das Gefieder und die Kerbe des
Liebespfeils *) (penon und la coche), dass er dieselben
nicht einmal für Antiochien preisgeben würde, wie
unschätzbar muss dann der Wert derjenigen sein,
von der der Pfeil ausgegangen ist!

Oder er lässt Yvain sagen: Die Tochter des
Vasallen, (der ihm Gastfreundschaft gewährte), hatte
100mal mehr Verstand und Schönheit, als Calogrenant
geschildert hatte.

Dass *Chrestien* auch andere Vorzüge in den Vordergrund stellt, als gerade immer die äussere Schönheit, bedarf wohl kaum der Erwähnung:

Er. 537/8:
> Mout est bele,\ mes miauz assez
> Vaut ses savoirs que sa biautez.

Yv. 241/4:
> La la trovai si afeitiee,
> Si bien parlant et anseigniee,
> De tel solaz et de tel estre,
> Que mout m'i delitoit a estre ...

Stets kehren dann die Versicherungen der Schönheit und feinen Bildung der Damen oder Ritter
wieder, zumeist in hyperbelhafter Ausdrucksweise.
Zu verstehen ist letztere aus der Leidenschaftlich-
keit und Intensität der Anschauung, mit der *Chrestien*
schildert.

---

*) Beschreibung desselben Cl. 770—92.

b. Mittel der Charakteristik.

Leistete *Chrestien* wirklich Bedeutendes in der Beschreibung körperlicher Schönheit, so erreicht er in der Charakteristik nicht diese Höhe. Während ein epischer Dichter immer nur gelegentlich bezeichnende Merkmale an seinen Personen hervortreten lässt und somit das Charakterbild, wie es ja auch naturgemäss ist, aus einzelnen Zügen erst allmählich gestaltet, zieht es *Chrestien* nicht selten vor, gleich von vorn herein ein Gesamtbild von seinem Helden zu entwerfen, ehe noch das Interesse an demselben im Leser erwacht sein kann. Jener charakterisiert vorzugsweise durch Worte und Handlungen; dieser zumeist durch subjektive Betrachtung, durch blosse Beschreibung. So tritt jener als Persönlichkeit durchaus zurück; dieser stellt dieselbe so sehr in den Vordergrund, dass er bei der elementarsten Art der Charakteristik, die, sei es durch Reflexionen, sei es durch Epitheta geschieht, am liebsten verweilt, womit nun nicht gesagt sein soll, dass *Chrestien* über dieselbe nicht hinauskomme. Eine solche Einseitigkeit würde ganz und gar dem Wesen unseres Dichters widersprechen. Doch darüber an der betreffenden Stelle! Erläutern lässt sich das oben Gesagte durch die Art der Charakterisierung Erecs, von dem *Chrestien*, nachdem er ihn kaum in die Erzählung eingeführt hat, auch schon gleich ein Bild entwirft.

Er 82—104:

Uns chevaliers, Erec ot non.
De la table reonde estoit,
Mout grant los an la cort avoit.
85: De tant com il i ot esté,
N'i ot chevalier plus loé,

Et fu tant biaus qu'an nule terre
N'estovoit plus bel de lui querre.
Mout estoit biaus et preuz et janz,
90: Et n'avoit pas vint et cinc anz.
Onques nus hon de son aage
Ne fu de greignor vasselage.
Que diroie de ses bontez?
Sor un destrier estoit montez,
95: Afublez d'un mantel hermin;
Galopant vint tot le chemin,
S'ot cote d'un diaspre noble,
Qui fu fez an Costantinoble.
Chauces ot de paile chauciees,
100: Mout bien feites et bien tailliees,
Ft fu es estriers afichiez,
Uns esperons a or chauciez;
Ne n'ot arme o lui aportee
Fors que tant solemant s'espee.

Cl. 324—35:

Et por voir si estoient il *),
Et mout ierent de bel aage,
Jant et bien fet de lor corsage;
Et les robes que il vestoient
D'un drap et d'une taille estoient,
D'un sanblant et d'une color.
330: Doze furent sanz lor seignor,
Don je tant vos dirai sanz plus,
Que miaudre de lui ne fu nus;
Mes sanz outrage et sanz desroi
Desfublez fu devant le roi
335: Et fu mout biaus et bien tailliez.

Dieses Beispiel ist deswegen so besonders bemerkenswert, weil *Chrestien* schon damit begonnen
hatte (v. 320—23), den Eindruck zu schildern, den
die Jünglinge an Artus Hofe hervorriefen. Anstatt
nun damit fortzufahren, verfällt er wieder in subjektive Betrachtung.

---

*) Gemeint sind die byzantinischen Jünglinge am Hofe des
Königs Artus.

Auch aus Yvain sei noch eine Charakterschilder-
ung herangezogen, die des Thersites der Tafelrunde.

Yv. 1348—53:

> Tant par est Keus fel et pervers,
> Plains de ranpones et d'anui,
> Que ja mes ne garroit a lui;
> Toz jorz mes l'iroit afitunt
> Et gas et ranpones gitant
> Ausi com il fist l'autre jor.

Als ein sehr beliebtes und deshalb auch immer
wiederkehrendes Mittel für die Charakterisierung
dienen unserem Dichter die E p i t h e t a. Da dieselben jedoch rein reflektierender Natur sind, geht
ihnen jede Kühnheit und originelle Kraft ab. Epitheta
wie frans, preuz, cortois, douz, larges, deboncire
u. s. w., oder in bezug auf Frauen noble, cointe,
sage (gesittet), bele et jante u. s. w. sind also nicht
etwa bestimmten Personen *) mit besonderer Vorliebe
beigelegt, sondern finden sich in buntester Verwendung,
so dass sie zu den elementarsten Mitteln der Cha-
rakterschilderung herabsinken.

In der Art ihres Gebrauchs unterscheidet sich
Chrestien also gar nicht oder wenig von seinen Vorgängern; auffallend ist bei ihm nur die Häufung
der Epitheta, sehr oft in synonymer Verwendung.
Man könnte vielleicht noch auf die E p i t h e t a
o r n a n t i a hinweisen, aber dieselben treten so spär-
lich auf, dass sie für unsern Dichter nichts Cha-
rakteristisches weiter bieten. Einige Beispiele:

> Er. 3712: Estanceles cleres ardanz
> „ 3795: Qn'estanceles ardanz

---

*) „buens" ist eins von den wenigen Beiwörtern, das stabilen
Charakter trägt; es steht vorzugsweise in Beziehung auf Artus:
Yv. 1, li b u e n s r o i s de Bretaingne; ferner Yv. 3907.

Yv. 186: Tot le jor antier
Cl. 845: La nois negiee
„ 978: De dorẽure clere et sore
„ 6003: Li felon ribaut

Obwohl der Dichter gerade von der Charakter-
schilderung die umfassendste Verwendung gemacht
hat, haben daneben doch auch die höheren Arten der
Charakteristik Berücksichtigung erfahren. *Chrestien*
schildert den Eindruck, den einer auf andere hervorruft, also den „Reflex in der geistigen Um-
gebung" stets in wirksamer Weise:

Cl. 319—23:

> Et li baron trestuit se teisent;
> Car li vaslet formant lor pleisent
> Por ce que biaus et janz les voient;
> Ne cuident pas que il ne soient
> Tuit de contes ou de roi fil;

Von Alexander heisst es:

Cl. 390—1:

> N'an la cort n'a baron si haut,
> Qui bel ne l'apiaut et acuelle.

Cl. 396—98:

> Mout se fet amer a chascun,
> Nes mes sire Gauvains tant l'aimme
> Qu'ami et conpaignon le claimme.

Cl. 418—21:

> Tant s'est Alixandres penez
> Et tant fet par son bel servise,
> Que mout l'aimme li rois et prise
> Et li baron et la reïne.

In bezug auf Cligés urteilt die Volksmenge:

Cl. 4670—73:

> „Cist s'an va bien lance sor fautre,
> Ci a chevalier bien adroit,
> Mout porte ses armes a droit,
> Bien li siet li escuz au col."

Cl. 4775—77:

> „Cist est an toz androiz
> Assez plus janz et plus adroiz
> De celui d'ier as noires armes,

Mit Beziehung auf die totgeglaubte Fenice:

Cl. 5855—59:

> Biauté, corteisie et savoir
> Et quan que dame puisse avoir,
> Qu'apartenir doie a bonté,
> Nos a toloit et mesconté
> La morz . . . .

Yvains Tapferkeit wird bewundert:

Yv. 3199—3242:

> „Haï! con vaillant chevalier!
> Con fet ses anemis pleissier,
> Con roidemant il les requiert!
> Tot autresi antr'aus se fiert
> Con li lions antre les dains,
> Quant l'angoisse et chace la fains.

3205:
> Et tuit nostre autre chevalier
> An sont plus hardi et plus fier,
> Que ja, se par lui seul ne fust,
> Lance brisiee n'i eüst
> N'espee treite por ferir.

3210:
> Mout doit an amer et cherir
> Un prodome, quant an le trueve.

Vergl. ferner Er. 753—72; Cl. 4650—82 u. s. f.

Laudinens Zofe wird wegen des ihr bevorstehenden Missgeschicks bemitleidet:

Yv. 4361—65:

> „Ha! Deus, con nos as obliëes!
> Con remandrons or esgarees
> Qui perdomes si buene amie
> Et tel consoil et tel aïe
> Qui a la cort por nos estoit!

Da *Chrestien* allzu sehr geneigt ist, mit subjektiven Betrachtungen in die Erzählung einzugreifen, kann die höchste Art der Charakteristik (durch Handlungen und Worte) nicht ganz zu ihrem Rechte kommen.

Wenn man allerdings von den mehr oder minder eingehenden Charakterschilderungen von seiten des Dichters absieht und das Thun und Reden seiner

Personen rein an sich betrachtet, so ist das Resultat ein ganz anderes. *Chrestien* weiss seine Personen in so mannigfache Situationen und in so schwierige Konflikte zu verwickeln, ferner den Dialog (oder im allgemeinen auch den Monolog) so kunstvoll zu gestalten, dass der Leser ein farbenreiches, lebendiges Bild von ihnen gewinnen muss. Um so mehr ist es zu bedauern, dass dieser an und für sich glänzende Eindruck durch das stets wiederkehrende Reflektieren eine Einbusse erleidet und nicht selten so erheblich gestört wird.

Es sei nur auf ein Beispiel hingewiesen, das hierfür besonders bezeichnend ist: *Chrestien's* Hinweis auf den Gesinnungswechsel der Laudine nach einem vorausgegangenen Monologe, in dem sie über die wohlmeinenden Absichten der Zofe reflektiert:

Yv. 1749—56:

> Ez vos ja la dame changiee:
> De celi qu'ele ot leidangiee
> Ne cuide ja mes a nul fuer
> Amer la deüst de bon cuer,
> Et celui qu'ele ot refusé
> A mont leaumant escusé

1755: Par reison et par droit de plet,
> Que ne li avoit rien forfet, ...

Wenig am Platze und geradezu ungeschickt ist eine solche reflektierende Betrachtung, welche die Entwicklung des Charakterbildes, wie es im Hörer durch die Kunst der Seelenmalerei des Dichters entstehen soll, erheblich beeinträchtigt. —

Zum Schlusse noch darf ein Punkt nicht übergangen werden, der sich uns schon einmal aufdrängte, aber doch hier erst seine Stelle findet: nämlich die Frage: Wie charakterisiert *Chrestien* das Böse? Es finden sich hie und da Vertreter desselben, aber sie erscheinen doch ziemlich ungefährlich, niemals in ihrer ganzen Furchtbarkeit, wie wir denn auch wohl kaum abgefeimte Bösewichter in seinen Dichtungen antreffen werden.

So ist z. B. der Charakter des Alis nicht einheitlich durchgeführt; er bildet eine Zweiheit: bald verbrecherisch, bald gut und milde, wie ein edler Mensch handelnd, (wie bereits ausgeführt p. 76—77). Aus dieser hin und her schwankenden Charakterauffassung möchte man schliessen, entweder dass es der heiteren und glücklichen Weltanschauung *Chrestien*'s widerstrebte, das Verbrechen und verbrecherische Menschen konsequent zu schildern, oder dass ihm überhaupt die Fähigkeit dazu fehlte.

c. Der bildliche Ausdruck in *Chrestien's* Sprache.

„Für den energischen Ausdruck der Poesie ist eins der nächsten Hülfsmittel der Vergleich, die Farbe des Bildes.

Dem begeisterten Redner, wie dem Dichter, jedem Volke, jeder Bildung sind Vergleich und Bild die unmittelbarsten Aeusserungen einer gesteigerten Stimmung, des kräftigen, geistigen Schaffens." *)

Wo eine solche Stimmung fehlt, machen diese Kunstmittel leicht den Eindruck des Gesuchten und Geschraubten und erweisen sich somit als überflüssig.

Bei *Chrestien* entsteht bisweilen, wie wir bereits gesehen haben, der Eindruck des Schwulstes in verstandesmässigen Reflexionen, in denen er nicht selten in ermüdender Weise die trivialsten Bilder herau-

---

*) Vgl. Gustav Freytag. Technik des Dramas, p. 253.

zieht. Andererseits jedoch ist *Chrestien's* Anschau·
ungskreis ein viel zu gesunder und naturgemässer,
als dass die schlechten Auswüchse den ganzen Orga-
nismus überwuchern könnten; leicht wären jene zu
entfernen, so dass dieser gesund erschiene.

Wir begegnen Schilderungen von grosser Wirkung und sehen *Chrestien's* Talent in geschickter Ver-
wertung von Ve rgleich und Bild sich schön entfalten: überall da, wo es sich um Darstellung körperlicher Schönheit und hervorstechender Charakter-
eigenschaften handelt, wie auch zumeist in Schilderungen, die das Liebesleben betreffen. *)

Die meisten Beispiele von 4 a würden auch hier
ihre Stelle finden; zur Ergänzung mögen noch einige
herangezogen werden :

Das süsse Abschiedswort des Cligés nennt Fenice einen sicheren, festen Besitz, den ihr niemand
rauben könne, wie ein Gebäude, das stets an
einem Ort verbleibt und nicht vernichtet werden
kann, es sei denn durch Wassers- oder Feuersnot
(Cl. 4399—4402).

Nicht erwiderte Liebe vergleicht *Chrestien* mit
dem Säen ins Meer (Cl. 1035—37).

Die Blödigkeit der beiden Liebenden wird mit
den Verkehrtheiten in der Tierwelt verglichen, die
dadurch exemplificiert wird, dass die Opfer ihre Ver-
folger angreifen (Cl. 3848—57).

Die Entzündbarkeit von Laudinens Herzen mit
der eines Holzscheites verglichen, das so lange raucht,

---

*) Hier hebt sich seine gestaltende Phantasiekraft in glänzen-
der Weise ab von der bilderarmen Sprache eines Bérol oder
Thomas de Bretagne.

bis die Flamme sich zeigt, ohne dass irgend jemand dieselbe schürt Yv. 1377—80, Yv. 2519—23.

Der Stachel von Yvain's Schuld in Laudinens Herzen verglichen dem Feuer, das unter der Asche fortglimmt: Yv. 6772/3.

Der unsichtbar machende Ring der Laudine ist der Rinde zu vergleichen, die das Holz verdeckt. Yv. 1027—29; dasselbe Bild Cl. 5180/1. Eines herrlichen Bildes bedient sich *Chrestien* zum Lobe der Freigebigkeit.

Cl. 208—12:

> Mes tot ausi come la rose
> Est plus que nule autre flors bele,
> Quant ele nest fresche et novele:
> Einsi la ou largesce vient,
> Desor totes vertuz se tient.

Die proesce des Cligés gegenüber den andern Rittern verglichen den Strahlen der Sonne, die die kleineren Sterne verdunkelt Cl. 5007—13. Aehnliches Bild Yv. 3245—49.

Die Himmelskörper werden überhaupt gern von *Chrestien* zum Vergleich herangezogen, so noch Er. 433/4, 833/6; Cl. 2754—60; bei Beschreibung der Quelle im Walde Broceliande Yv. 426—29 u. s. f.

Auf die dem Jagdleben entnommenen Bilder braucht nicht weiter eingegangen zu werden, weil dieselben allgemeinen Charakters sind.

Interessant ist ein Vergleich aus dem Schmiedehandwerk bezüglich der glühenden Funken, die beim Zurückspringen der Speere sich zeigen Cl. 4076—79.

Aus der antiken Mythologie oder aus den nationalen Sagenkreisen sind oft Bilder entlehnt. Beispiele hierfür sind uns schon in anderem Zusammenhange begegnet.

Es liegt in der Eigenart des Dichters, die zur Verwendung kommenden Bilder, ihre Anwendung auf den zu verdeutlichenden Vorgang so zu analysieren, dass der Phantasie des Lesers kaum etwas überlassen bleibt. So ist es zu verstehen, dass die Metapher, „obwohl die schönste unter den tropischen Figuren", nicht so häufig vertreten ist, wie man vielleicht erwartete. Einige Proben s. Grosse p. 129—134.

Einfach und schön ist folgende Metapher:

> Qui poïst la façon descrivre
> Del nes bien fet et del cler vis,

Cl. 818—19:

> On la rose cuevre le lis,
> Einsi qu'un pole lis esface,
> Por miauz anluminer la face,
> Et de la bochete riunt . .

Ferner Cl. 193—94:

> Que largesce est dame et reïne,
> Qui totes vertuz anlumine.

Cl. 3893—97:

> Amors sanz crieme et sanz peor
> Est feus sanz flame et sanz chalor,
> Jorz sanz soloil, bresche sanz miel,
> Estez sanz flor, iverz sanz giel,
> Ciaus sanz lune, livres sanz letre.

Was von der Metapher gesagt ist, gilt auch für die Allegorie.

Wollen wir mit Gerber (Die Sprache als Kunst, II. p. 92 ff) die Allegorie definieren als „die entfaltete Metapher, wenn sie selbständig auftritt," so werden wir leicht begreifen, weswegen sich dieser Tropus bei *Chrestien* nur höchst selten findet. Da er es liebt, seine Bilder gleichsam durch einen analytischen Prozess zu zergliedern, entbehren sie der Selbständigkeit und Freiheit, so dass sich keine reine Allegorie entwickeln kann.

(Vgl. Grosse, p. 157 ff.) Ein Beispiel mag es ver-
deutlichen.

Er. 6617—19:

> Que mout doit estre bele et jante,
> La flors qui nest de si bele ante, (Schössling)
> Et il fruiz miaudre qu'an i quiaut;

Würde dieser metaphorische Ausdruck seine
Selbständigkeit bewahren, so hätten wir eine Allegorie;
aber gleich darauf folgt die Deutung:

Er. 6621—24:

> Bele est Enide, et bele doit
> Estre par reison et par droit;
> Que bele dame est mout sa mere,
> Bel chevalier a an son pere.

Eine wenn auch nicht ausgeprägte Allegorie
wäre vielleicht aus Cligés anzuführen: Das Auge
wird genannt

Cl. 712—15:

> Li mireors au cuer,
> Et par cest mireor trespasse,
> Si qu'il ne le blesce ne quasse,
> Li feus don li cuers est espris.

Während in der Allegorie das Bild „auf die
Bedeutung nur hinweist," ist die Wirkung der
Personification eine durch die sinnliche Form
derselben unmittelbar gegebene. Im folgenden Beispiele sind Liebe und Hass zwar personificiert,
aber der allegorische Charakter tritt noch zu sehr
hervor; man würde hier von einer personifi-
cierenden Allegorie sprechen können.

Yv. 6021—23:

> Par foi, c'est mervoille provee
> Qu'an a an un vessel trovee
> Amor et Haïne mortel;

Yv. 6036—48:

> Espoir Amors s'estoit anclose
> An aucune chambre celee
> Et Haïne s'an iert alee

Es loges par devers la voie,
Por çe que vint que l'an la voie,
Or est Haïne mout an coche;
Qu'ele esperone et point et broche
Sor Amor quanque ele puet,
Et Amors onques ne se muet.
Ha! Amors, ou es te reposte?
Car t'en is! si verras quel oste
Ont sor toi amené et mis
Li anemi a tes amis.

Erst durch die allegorische Personification erreicht ein Dichter „die volle poetische Schönheit, insofern erst dann sinnliche Anschaulichkeit in ihrer ganzen Fülle vorhanden ist." (Wackernagel p. 396). Man höre die Anrede an den Tod:

Cl. 5793—5809:

Morz coveiteuse, morz englovel
Morz est pire que nule love,
Qui ne puet estre saolee,
Onques mes si male golee
Ne poïs tu haper au monde!
Morz, qu'as tu fet? Deus te confonde,
Qui as tote biauté estainte!

5800: La meillor chose et la miauz painte
As ocise, s'ele duraat,
Qu'onques Deus a feire anduraat.
Trop est Deus de grant paciance,
Quant il te suefre avoir poissance
Des soes choses despecier.
Or se deüst Deus correcier
Et giter hors de sa baillie,
Que trop as fet grant sorsaillie
Et grant orguel et grant outrage.

Man vergleiche noch: Cl. 5855—59 pag. 124 und Yv. 4703—7 (Herausforderung zum Kampfe von seiten des Todes) pag. 114.

Dies ist echte Poesie, die sich erheblich gegen die schwachen Versuche bei *Chrestien's* Vorgängern

abhebt. Ein Beispiel möge noch folgen; im übrigen
verweisen wir auf Grosse, p. 136—143.

> Er. 4637—40:
>
>   Qu'an toi s'estoit bien tez miree,
>   Proesce s'i iert esprovee,
>   Savoirs t'avoit son cuer doné
>   Largesce t'avoit coroné.

. Die Metonymie und Synekdoche endlich
bieten nichts, wodurch sich unser Dichter von andern
unterscheidet.

Einer wie grossen Sorgfalt *Chrestien* in bezug
auf Sprache und Vers, sich befleissigte, tritt besonders in seinen späteren Werken hervor, in denen er
auf der Höhe seiner Kunst steht. Seinen Zeitge-
nossen war er daher ein unerreichtes Muster und ist
auch als solches vielfach von ihnen gepriesen worden, wenn man auch seine hervorragende Bedeutung
als dichterische Grösse damals noch nicht erkannt hat: s. Holland's *Chrestien von Troyes* p. 257/8
und 215, ferner eine weitere rühmliche Erwähnung
in Gröber's Grundriss der rom. Ph. I. p. 430 Anm. 2
und endlich in *Förster's* Erec-Ausgabe Einl. p. XII.
Chrestien selbst betont im Eingange zu seinem Erec
neben der inhaltlichen auch ebenso sehr die f o r m a l e
Seite:

> Er. 9—12:
>
>   Por ce dit *Crestiiens de Troies*
>   Que reisons est que totes voies
>   Doit chascuns panser et antandre
>   A bien dire et a bien aprandre.

'Erratum: pag. 14, II. Zeile von unten lies: D e c k e l statt Ekel.